Freiherr von und zu der Tann.
Stammwappen.

Bibliografische Information der Deutschen Nationalbibliothek:
Die Deutsche Nationalbibliothek verzeichnet diese Publikation in der Deutschen Nationalbibliografie; detaillierte bibliografische Daten sind im Internet
über http://dnb.dnb.de abrufbar.

© 2017 Dietmar von der Tann

Text und Bildbearbeitung / Gestaltung
Renate Zingler-Scharfenort

Herstellung und Verlag: BoD – Books on Demand, Norderstedt
ISBN: 978-3-7448-1386-0

Dietmar von der Tann

***

Auch Jäger können weinen

Es waren noch friedliche Zeiten

Wir schreiben das Jahr 1937 und befinden uns im Pommernland. Genauer gesagt im kleinen Städtchen Köslin, an der Ostsee gelegen.

Ich heiße Dietmar Fritz Jürgen. Es war der 25. März 1937, Gründonnerstag und ein wunderschöner Vorfrühlingstag. Ich war ein ziemlicher Brocken, hatte aber meiner Mutter bei der Geburt keine Schwierigkeiten bereitet. Alle haben sich sehr gefreut. Vor allem meine Eltern, denn ich war ein „Wunschkind" und der zweite Sohn, so erzählte es meine Mutter viele Jahre später.

Mein Vater Fritz war ein Rechtsanwalt und Notar in Köslin. Meine Mutter Irmgard sorgte sich um das Wohlergehen der gesamten Familie. Ich hatte bereits einen zehn Jahre älteren Bruder mit Namen Eberhard und eine sechs Jahre ältere Schwester, die den Namen Gundula trägt. Unsere Magd Anna war überwiegend für den Haushalt zuständig, kümmerte sich aber auch um uns Kinder wenn die Eltern ausgingen. Wir lebten in unserem großen Haus, das Vater weit vor meiner Geburt bauen ließ. Es war ein großes Einfamilienhaus mit einem kleinen Garten, wo wir spielen konnten. Im unteren Bereich befand sich die gute Stube. Dort hing Vaters Gemäldesammlung, unter anderem befand sich auch ein Bild des bekannten Malers Patrick von Kalckreuth darunter. Ein Flügel stand seitlich vom Fenster etwas in der Ecke, Mutter spielte öfters daran. Wir Kinder hatten sogar unsere eigenen Zimmer. Im Eingangsbereich stand ein großer Kohleofen, der vom Flur aus mit Holz und Kohle bestückt wurde. Er heizte die gute Stube und Teile des Hauses.

An die Eltern meines Vaters, – Opa August und Oma Else – kann ich mich nur vage erinnern. Es gibt eine Situation, die mir noch heute ein heimeliges Gefühl bereitet. Wir waren bei Oma und Opa zu Besuch. Sie wohnten in einem Haus mit hohen Decken und sehr gemütlich eingerichteten Räumen. Oma Else hatte für uns Streuselkuchen gebacken und die Stücke in einem Steingutgefäß aufbewahrt. Zur Kaffeezeit stellte sie diesen auf den Tisch, so dass sich jeder bedienen konnte. Seit dieser Zeit ist meine Liebe zu Streuselkuchen ungebrochen.

Die Eltern meiner Mutter waren Opa Karl und Oma Elsa. Oma Elsa war eine geborene „von der Tann." Mutter hatte noch eine Schwester mit Namen Charlotte, also meine Tante. Charlotte war ebenfalls mit einem Juristen verheiratet. Sie lebten in der Villa ihres Schwiegervaters in Dieringhausen bei Gummersbach, im heutigen NRW. Dieser war Direktor der Mühlentaler Weberei und Spinnerei. Die politische Situation in den 1930er Jahren wurde durch Hitler geprägt. Großmutter Elsa war eine seiner glühendsten Verehrerinnen. Das löste viele politische Streitigkeiten mit meinem Vater aus, der überzeugter Sozialdemokrat war.

1936 fanden in Berlin die Olympischen Spiele statt. Oma Elsa. hatte meinem Bruder Eberhard eine Reise dorthin geschenkt. Dies war nicht uneigennützig, denn als Anbeterin des Führers hatte Sie so auch die Gelegenheit, in seiner Nähe zu sein.

***

Mein Vater, als wohlhabender Jurist, fuhr einen schicken Adler Triumpf Junior.

Mutter vor unserem Auto

Als kleiner Pimpf, ich mag so drei Jahre alt gewesen sein, durfte ich manchmal hinter dem Lenkrad sitzen. Wenn ich mir das heute so ansehe, hat dies ja lustig ausgesehen. Ein kleiner Junge mit kurzer Trägerhose, einem Hemd und einen Sonnenhut auf dem Kopf, die Füße bis zur Sitzkante reichend. Mein Kopf endete wohl in der Mitte des Lenkrades.

Einen gewissen Stolz spüre ich heute noch, dass mein Vater damals einen solch tollen Wagen besaß. War ein Auto zu damaliger Zeit doch auch ein Zeichen für Wohlstand. Dieses Auto wurde allerdings dann für den Endsieg Ende 1939 durch das Reich deutscher Nationen konfisziert. Wohl aus dem Grunde, dass die Produktion der PKW ins Stocken geraten war und die Ordonanzen neue Beförderungsmittel brauchten.

Opa Karl und Vater waren Jäger. Schon früh nahmen sie mich mit in den Wald. Vater fragte oft: „Wodenur kommst du mit ?" Mein Vater nannte mich immer so, was so viel heißt wie („Wo isser denn nur"). Opa lehrte mich aufmerksam zu sein, denn das Wild konnte man nur beobachten, wenn man leise ging. Ich musste aufpassen und durfte beim Gehen auf keine trocknen Äste treten, das knackende Geräusch hätte sonst das Wild verscheucht. Mit fünf Jahren hatte ich schon ein eigenes Fernglas, eine kleine Jagdtasche und auch einen Jägerhut aus Lodenstoff sowie eine dunkelgrüne Jacke und Hose, um mit dem Grün des Waldes zu verschmelzen, wie Vater immer sagte. Es war interessant, wenn Vater einen Hasen geschossen hatte und ich ihm beim Abbalgen zuschauen durfte.

Es war eine wunderbare Zeit.

✳✳✳

Mein Bruder ging schon länger in die Schule, war Primus in seiner Schulklasse und meldete sich natürlich zur Hitlerjugend.

Er war noch, wie man damals sagte, ein echter pommerscher Jung von Schrot und Korn! Eberhard vertrat die Meinung: „Wenn meine Freunde gehen, gehe ich mit!" Gundula ging zum BDM, der sogenannte Bund Deutscher Mädchen. Meinem Vater war dies nicht recht, ihm blieb aber keine Wahl, da er sonst dadurch als „Reichsfeind" galt.

Gundula im Hauseingang

Die politischen Diskrepanzen zwischen Vater und Oma Elsa steigerten sich im Laufe der Jahre. Sie ging sogar soweit, dass Sie meinen Vater bei der Gestapo anzeigte. Vater und Oma hatten sich wohl derart über die politischen Einstellungen gestritten, dass sie dies als Anlass nahm, um ihm eins auszuwischen. Folge daraus war, dass Vater in Untersuchungshaft gesteckt wurde. Die Angst, dass etwas Schlimmeres mit ihm passieren könnte, belastete die ganze Familie, hatten wir doch von der unmenschlichen Behandlung in den Gestapo-Gefängnissen gehört. Tante Charlottes Mann, mein Onkel Karl, war inzwischen SS Obersturmbandführer geworden und hatte so beste Verbindungen zur Heeresführung. Er war zu diesem Zeitpunkt in Düsseldorf stationiert.

Onkel Karl ließ seine Beziehungen spielen, und Opa sorgte als Leiter und Oberamtmann des Fernmeldeamtes in Köslin dafür, dass die Gespräche schnell vermittelt wurden. Die Anschuldigungen gegen meinen Vater wurden kurzfristig fallengelassen. So kam mein Vater wieder frei.

Die Beziehung zwischen Großmutter Elsa und Vater war nach seiner Freilassung schwer belastet. Da sie weiterhin bei uns in der Nähe lebte und man sich zwangsläufig sah, verbesserte sich die Lage nicht.

Mein Onkel verunglückte 1942 auf einer Dienstreise von Berlin nach Brüssel tödlich. Die Beisetzung, an der auch viele Nazigrößen teilnahmen, fand in Dieringhausen bei Gummersbach statt. Tante Charlotte war zu diesem Zeitpunkt schwanger und gebar nach seinem Tod ihr viertes Kind. So bekam auch sie das Mutterkreuz verliehen, eine Anerkennung des Führers für jede Frau, die mindestens vier Kinder gebar. Charlotte lebte weiterhin mit Ihren Kindern in der Villa ihres Schwiegervaters.

In die Schule ging ich von Anfang an nicht gerne. Meine Mutter drohte mir bei den Schularbeiten mit der Polizei. Die Devise war, dass ich doch meinem schlauen Bruder folgen und meine Pflicht erfüllen sollte. "Warum habt ihr der Polizei von mir erzählt? Jetzt muss ich in die Schule!" sagte ich wütend. In der Schule waren wir gezwungen, vor dem Unterricht aufzustehen und lauthals: „Heil Hitler" zu rufen. Als ich mit zwei Freunden eines Morgens zur Schule ging, trafen wir einen Lehrer, den wir pflichtgemäß grüßen mussten. Wir sprachen uns insofern ab, dass einer von uns Buben ein leises „Psst" auf Kommando zischen sollte, wir darauf zackig den Arm zum Gruß hochrissen und gemeinsam ein lautes „Heil......." riefen.

Mein Bruder Eberhard war inzwischen schon 17 Jahre alt. Er hatte es in der Hitlerjugend bereits zum Scharführer oder so einem blödsinnigen Titel gebracht und musste als Flakhelfer in Hela auf der Insel Rügen dienen.

Von den Wirren des Krieges bekamen wir bisher noch nichts mit. Wie so oft machten wir, Opa, Mutter, Vater, Gundula und ich einen Sonntagsspaziergang durch einen der schönen pommerschen Wälder, dem Gollen östlich von Köslin.

Nach einiger Zeit legten wir eine Pause ein. Ich setzte mich auf einen schon vor langer Zeit umgefallenen Kiefernstamm. Der Duft der Bäume, der Geruch der leicht salzigen Luft der Ostsee, die rege vor sich hin zwitschernden Vögeln. Das Rauschen der Kiefernwälder mit dem leisen knackenden Geräusch der aufplatzenden Zapfen durch die Sonnenwärme, sind Dinge die mir bis heute im Gedächtnis geblieben sind. Sie rundeten ein herrliches Gefühl eines Sommersonntags ab.

Plötzlich vernahmen wir ein herankommendes langsam anschwellendes Brummen von geschätzten 10.000 Hummeln, das diese Idylle zerstörte. Wir liefen auf eine nahegelegene Lichtung und bald entdeckten wir ein riesiges Bombengeschwader, das auf uns zu in Richtung Westen flog.

In uns kamen sehr unliebsame Gedanken auf. Wir machten uns große Sorgen um Eberhard, es waren bis Rügen etwa 200 km Luftlinie: „Hoffentlich wird ihm nichts passiert sein."

Opa schrieb zu Weihnachten folgenden Reim an Eberhard.

Was ist mir mein Köslin
gegen mein liebes Berlin
die pommerschen Wälder, Wiesen und Felder
da lebt mein Enkel Eberhard
ein Junge von der pommerschen Art.
mit ihm möcht ich ziehen
zur Jagdhütte hin.

Mit dem Glase zu schauen
den Rehbock, den Schlauen.
Wenn das Korn steht in der Roggenstiege
vom Gollen bis zur Kickelriege.
Dort fiel mein 1. Sechserbock
beim Liebesspiel ums Morgenrot.

Sein Kopfschmuck sei Erinnerung
an Opa, dir, mein lieber Jung.
An deinem heutigen Ehrentag,
der Vieles dir bescheren mag,
von mir den allertreusten Gruß
von Oma einen lieben Gruß.

Und unser Herrgott schenke dir
Gesundheit, Bravheit für und für.
Und nun grüß mir alle lieben schön.

Horrido! Auf Wiedersehen.
Zur Weihnachtszeit in Köslin

Wenn mein Bruder Heimaturlaub bekam, ging er meist seiner Lieblingsbeschäftigung, der Jägerei nach. Hatte er doch bereits einen Jugendjagdschein gemacht. Dies lag nun mal in der Familie. Beide, Vater und Opa, lehrten uns, was es bedeutete, Jäger zu sein. Nicht das Schießen allein sei wichtig, sondern auch die Beobachtung und Hege, sprich die Pflege des einem zugewiesenen Jagdreviers.
Eberhard hatte mehrere Zeichnungen auf einem Blatt angefertigt. Er hat Rehbockgehörne und deren Gebisse genauestens zeichnerisch dokumentiert, z.B. wie sich die Zahnfläche durch Abnutzung bei einem Tier verringert. Weiterhin hatte er die Geweihentwicklung zeichnerisch dargestellt. Ein sogenannter Spießbock,

meist ein junges Tier mit einem ähnlichen Gehörn einer Ziege, kann im Laufe der Jahre bis zum kapitalen Sechsender heranwachsen. Dies kann man sich so vorstellen, dass an jeder Geweihstange drei Enden herauswachsen und im Gesamtbild sechs Enden entstehen. Mit zunehmendem Alter des Tieres verändert es sich wieder und wird rückläufig. In der Jägersprache sagt man: „Das Tier setzt zurück." Anhand des Geweihes und dem Verhalten des Tieres kann dann bestimmt werden, welcher Rehbock für eine gute Nachzucht geeignet ist. Hierfür muss das Wild über einen längeren Zeitraum genauestens beobachtet werden, bevor entschieden wird, welches Tier geschossen wird oder nicht. Sein Traumberuf war, eines Tages Förster zu werden, wobei Opa ihn immer dabei unterstützte.

✳✳✳

An einem kalten Oktoberabend, mein Bruder hatte Heimaturlaub, nahm er mich mit all seiner Jagdausrüstung auf dem Gepäckträger seines Fahrrads mit zur Entenjagd. Das war meiner Mutter gar nicht recht, da sich zu der Zeit vermehrt marodierende polnische Arbeiter in unserer Umgebung herumtrieben. Wir fuhren los und erreichten einen See, der nicht weit von zu Haus lag. Der See war umgeben von hohem Schilfgras mit Kiefernbäumen, die sich im Winde wiegten. Die hereinbrechende Dämmerung und der inzwischen aufgezogene Halbmond spendete uns das nötige Licht, um anstreichende Enten rechtzeitig auszumachen. Ich muss gestehen, es schauerte mich. Eberhard hatte schon die Schrotpatronen in die Läufe des Gewehrs eingeführt. Er wartete still und voller Spannung auf die Enten. Eberhard zeigte in die Luft und plötzlich konnten wir Enten ausmachen, wie sie auf der gegenüberliegenden Seite des Sees auf dem Wasser landeten. Das sah traumhaft aus, der sich im Wasser spiegelnde Mond mit den darauf schwimmenden Enten und im Hintergrund das dunkle

Schilfgras. Die Stille, der Mond und die Spannung auf die sich im Anflug auf den See befindenden Enten ließen die Atmosphäre zu einem Erlebnis besonderer Art werden. In mir stieg ein Wohlgefühl hoch.

Eberhard konnte jedoch keine Jagdbeute machen, da die Enten zu weit entfernt waren. So gab es auch am darauffolgenden Tag keinen Braten für uns. Ich hätte meinem großen Bruder gern diesen Jagderfolg gegönnt.

***

Vater hatte als Jurist den Bauern öfters vor Gericht geholfen. Die Bauern hatten wenig Barmittel zur Verfügung und zahlten meist in Naturalien, so lieferten sie uns öfters Geflügel, Eier etc.

An einen Prozess, den mein Vater für einen Bauern gewonnen hatte, kann ich mich noch gut entsinnen.

Zwei benachbarte Bauern hatten Streit. Aus Neid und Missgunst hat einer der beiden die Tiere des anderen heimlich gefüttert mit Wruggenknollen, die mit langen Nägeln präpariert waren. Der Eigentümer der Tiere kam per Zufall in den Stall und hat ihn noch erwischt, wie er sich davon machen wollte. Ein Tier konnte nicht mehr gerettet werden, da es schon zu viel von den Knollen gefressen hatte. Es musste notgeschlachtet werden. So kam es, dass zur Weihnachtszeit einige geschlachtete Gänse als Bezahlung von dem Bauern unter dem Flügel der guten Stube lagen. Unser Dienstmädchen Anna rupfte die Gänse und nahm sie aus. Die Federn wurden gesammelt, in ein Inlett gesteckt und dienten als warme Bettdecke. Jetzt war wieder unsere Oma gefragt. Sie zerteilte die Gänse, hat die Stücke angebraten, gab sie dann in Einkochgläser, goss diese mit Brühe auf und weckte so die Gänse ein. Aus den Bruststücken bereitete sie gespickte, geräucherte Gänsebrust. Aus dem Rest machte sie Gänseschmalz und andere Köstlichkeiten auf Vorrat.

***

Vater und ich waren dabei, als mein Bruder vom Hochsitz seinen ersten Rehbock streckte. Wir drei gingen abends auf Ansitz, so sagt man in der Jägersprache, wenn man sich auf einen Hochsitz setzt. Es war eine große Lichtung im Wald, wo die Tiere zum Äsen hinkamen. Am Waldrand standen zwei Hochsitze weit voneinander entfernt. Eberhard ließ sich auf einem nieder. Vater und ich nahmen auf dem anderen Platz, wir hatten aber Sichtkontakt. Es dauerte eine ganze Weile bis der Rehbock hervortrat. Eberhard musste warten und vorsichtig sein, bis der Bock günstig stand, um ihn mit einem Blattschuss erlegen zu können. Er hatte es geschafft, das Tier lag. Eberhard stieg von seinem Hochsitz herunter und ging zu seinem Bock. Er gab uns mit schwenkendem Hut ein Zeichen, die Anspannung fiel ab. Vater und ich kamen kurze Zeit später hinzu. Eberhard besorgte sich einen kleinen Zweig von einer Eiche aus der Nähe (den sogenannten Bruch) und steckte diesen nach jägerlichem Brauchtum in den Äser. Mein Vater ließ es sich nicht nehmen und überreichte seinem Sohn den sogenannten Schützenbruch, mit dem Eberhard seinen Jagd-Hut voller Stolz verzieren konnte. Wir haben das Tier heim getragen. Eberhard und Vater haben ihn ausgeweidet und aus der Decke geschlagen. Es gab anschließend köstlichen Rehbraten.

***

Ich nutzte jede Gelegenheit, wenn mein Bruder da war, um mit ihm zu raufen oder zu spielen. Er besaß schon ein Fahrrad der Marke Adler. Es war ein schwarzes Herrenrad ohne Gangschaltung mit einem braunen Ledersattel. Ein großer Dynamo betrieb die Lampe, die die Größe eines kleinen Scheinwerfers hatte. Bremsen konnte man nur mit Rücktritt und einer Stangenvorderradbremse, die auf das Profil des Vorderreifens drückte. Am vor deren Schutzblech befand sich eine stilisierte Adlerfigur aus Metall. Wir tollten wieder einmal ums Haus herum. Dabei fuhr Eberhard mit dem Rad links um unser Haus herum und ich rannte rechts herum, um ihn abzufangen. Es kam wie es kommen musste. Wir stießen frontal zusammen, der Adlerschnabel traf genau zwischen meine Augen. Es blutete heftig, ich weinte und meinem Bruder tat es in der Seele weh, mich unabsichtlich verletzt zu haben. Diese Narbe ist bis zum heutigen Tage geblieben, sie erinnert mich oftmals an die damalige Zeit.

***

Eberhard wurde an die Grenze Danzig-Graudenz abkommandiert zum Einsatz als vorgeschobener Beobachter.
Meinen Vater hatten „die Braunen" Ende 1944 als letzten kümmerlichen Volkssturm eingezogen.
Dieser einberufene Volkssturm war Hitlers wahnwitziger Versuch, den Vormarsch der übermächtigen Roten Armee doch noch aufzuhalten.
Zu Hause waren nur meine Mutter, meine Schwester Gundula, Oma Elsa, Opa Karl, ich und Anna, das Dienstmädchen, übrig geblieben. Diese dachte inzwischen mehr an sich selbst, als an den Haushalt oder uns Kinder.
In den letzten Kriegsjahren hatte mein Opa als Leiter des Telegrafenamtes immer mehr zu tun, trotzdem war er weiterhin immer für uns da. Die Nachricht von der Ostfront, dass mein Bruder schwer verletzt in Danzig im Krankenhaus lag und um sein Leben kämpfte, war erschütternd.
Die Diagnose war "Lungendurchschuß" und eine zerrissene Schulter. Eine Granate des Feindes hatte ihn getroffen. Man hatte ihn auf einem bäuerlichen Leiterwagen für Heu innerhalb von drei Tagen ins nächst gelegene Krankenhaus nach Danzig transportiert. Die erschütternde Nachricht lag vor.

Meine Mutter zögerte keinen Augenblick länger und machte sich zusammen mit meiner Oma auf den Weg nach Danzig. Es wurde im letzten Moment auf Grund der vorrückenden sowjetischen Front versucht, einen Zug mit Verletzten Richtung Westen zu schicken. Aber die Front war durch russische Truppen bereits bis hin zur Ostsee abgeschnitten und so musste der Zug umkehren. Eberhard wurde zurück ins Lazarett nach Danzig gebracht.

***

Es muss Anfang 1945 gewesen sein. Es lag Schnee und auch tagsüber war es eisig kalt. Die Front rückte immer näher. Mein Nachbarfreund Fritz und ich bewunderten eines schönen Tages eine stattliche Gruppe geschniegelter SS-Leute, die sich am Ortseingang von Köslin genüsslich mit dampfendem Kaffee und anderen diversen Getränken versorgten. Die von den Burschen gepflegten glänzenden braunen Stiefel, das Lametta an der imponierenden Uniform und den Mänteln ließen uns staunen. Es war wohl eine Vorhut, die auf dem Rückmarsch in sichere Gefilde gewesen war. Tage später standen wir zwei am Straßenrand der Rochzower Allee und blickten sehr skeptisch. Zu hunderten schlichen sowjetische Gefangene an uns vorüber, die in Richtung Westen unterwegs waren. Diese Soldaten hatten nicht das Erscheinungsbild und den Glanz einer gepflegten Uniform. Abgenutzte Uniformen und schmutzige Stiefel, durchgefroren und ausgemergelt kamen sie daher. Sie trugen ihre Henkelmänner, in denen sich glimmende oder leicht brennende Holzstückchen befanden in einer Hand. Darüber hielten sie mit der anderen Hand einen kleinen Ast, wo ein oder zwei Kartoffeln aufgespießt waren. Die Wärme des Feuerchens sorgte dafür, dass die Kartoffeln warm und somit besser essbar wurden Gleichzeitig wärmten sie sich so die Hände. Ich ließ mich dazu hinreißen, mit dem Finger auf den roten Stern auf der Kappe eines Gefangenen zu zeigen.

Der Gefangene ging etwa drei Meter von mir entfernt. Plötzlich, wie von der Tarantel gestochen, brach er aus der Gruppe heraus und drohte uns. Wir hatten ganz schön Schiss in der Bux und suchten das Weite.

***

Bomben und Granateneinschläge waren inzwischen immer lauter zu hören, und dies war ein Zeichen für die näher kommende Front. Eines Abends betrachteten wir Kinder draußen mit Neugier den vom Kriegsgeschehen rotgelb gefärbten Himmel. Wir konnten zwei Flugzeuge ausmachen, die ein wahres Spektakel zeigten und sich gegenseitig abschießen wollten. „Topgun" vom Feinsten. Als mein Opa auf dem Weg nach Hause uns auf der Straße bemerkte, fiel er bald vom Glauben ab. Hatten die Bordkanonen und MG´s doch eine Reichweite von über 8.000 Meter Entfernung. Die Flieger verfolgten sich aber nur in einer Höhe von etwa 800 bis 1000 Metern über uns. Bei dem Geballere mit etlichen Salven befanden wir uns – ein Querschläger – in allergrößter Gefahr.

Opa stieg die Zornesröte und Besorgnis zugleich ins Gesicht, er schickte uns postwendend ins Haus zurück.

So wütend hatte ich meinen Opa noch nie erlebt.

Opa war das Gesetz.

Erst später begriff ich, dass seine Wut eine Sorge um uns war.

Wir mussten flüchten

Es war höchste Eisenbahn! Die Einschläge kamen immer näher, so entschloss sich mein Großvater, uns mittels eines LKWs vom Postamt in Sicherheit zu bringen. Nach früher Absprache mit der Familie wurde der Haustürschlüssel unter einer bestimmten Steinplatte versteckt. Die Hoffnung war, dass die Russen uns nur überrollen würden und wir bald danach wieder zurückkehren könnten. Bei Nacht und Nebel fuhren wir mit dem LKW los. Opa hatte einen Fahrer organisiert, der den Laster steuerte. Mit den nötigsten Habseligkeiten, die unser Dienstmädchen für Gundula und mich schnell in eine Tasche gepackt hatte, stiegen wir mit einer Leiter hinten auf die Ladefläche. Anna hatte sich den guten Pelzmantel von Mutter angezogen. Es war kalt und zum Glück hatte der Wagen eine Plane, so war wenigstens der Fahrtwind kaum zu spüren. Der Fahrer lenkte den Wagen Richtung Kolberger Hafen, dieser war etwa 60 Kilometer von uns entfernt. Die Fahrt dorthin ging über holprige Straßen und Wege. In Kolberg liefen noch immer Schiffe den Hafen an. Der Wagen wurde etwas abseits des Hafens abgestellt, und die restliche Wegstrecke gingen wir zu Fuß mit unseren paar Habseligkeiten. Opa hatte uns in weiser Vorahnung vor der Fahrt schon gesagt, wir sollten uns warm anziehen. Damit meinte er, wir sollten die dicken wollenen Strumpfhosen, warme Hosen, 2 Pullover und Jacke, Mütze, Schal sowie die Handschuhe anziehen. Opas Rat hat uns vor Erfrierungen geschützt. Am Hafen standen wir mit vielen anderen Flüchtlingen dicht an dicht am Kai und warteten Stunden auf das nächste Schiff. Irgendwann musste ja eines kommen, das uns mitnehmen konnte. Meine Schwester Gundula hatte ich in dem Tohuwabohu aus den Augen verloren, und sie sorgte sich sehr um mich. Sie fand mich in der ersten Reihe stehend, kurz vor dem Absturz ins Hafenbecken. Endlich kam ein kleines Schiff, es fuhr nach Stralsund, das circa 180 Kilometer entfernt lag. Wir durften an Bord. Nicht alle Flüchtlinge, die am Kai standen, hatten dieses Glück, mitfahren zu dürfen. Es waren so viele Leute, die noch ausharren mussten und auf kommende Schiffe hofften.

Unter Deck war die Luft äußerst stickig und kaum zu ertragen. Uns Kindern wurde zeitweise richtig übel von der ständigen Schaukelei während der fünfstündigen Fahrt. Unter Deck erdreistete sich unsere Magd, neben ihren anderen schäbigen Äußerungen auch zu behaupten, dass meine Mutter sicherlich nicht wieder käme und dass sie so den Pelzmantel behalten könne. Opa sprach uns Mut zu und wies die Magd an, so etwas nicht zu äußern. Beim Verlassen des Schiffs verloren wir Anna aus den Augen und sahen sie nie wieder.

In Stralsund angekommen, fanden wir eine kleine Behausung bei netten Leuten.

Opa war für uns Kinder der „Fels in der Brandung."

Trotz seiner Einsilbigkeit war er hellwach, besinnlich und lieb. Er strahlte eine große Souveränität aus, die uns Sicherheit und Halt gab. Aber quälende Fragen der Ungewissheit drängten sich auf:

„Wo war Mutter?"

„Wo war Vater?"

„Was war mit meinem Bruder?"

Bis heute habe ich keine Erklärung dafür, aber eines Tages stand Vater plötzlich vor der Tür, und dabei war der Krieg noch nicht zu Ende. Ich kann mir nur vorstellen, dass er vor der Roten Armee geflohen war. Irgendwie musste er noch Kontakt zu Mutter gehabt haben, da er Opa, Gundula und mir erzählte, dass Eberhard tot sei. Ich erinnere mich noch heute mit Bauchschmerzen an die herzzerreißenden Tränenausbrüche von Opa. Hatte ihm dieser verdammte Krieg seinen Lieblingsenkel genommen! Bäuchlings lag er tagelang auf einer Pritsche und weinte jämmerlich. Bald trafen auch meine Mutter und meine Großmutter bei uns ein. Die Wiedersehensfreude war bei uns allen sehr groß, wir waren glücklich, uns wieder in die Arme nehmen zu können. Mutter konnte uns genauere Umstände vom Tod meines Bruders und ihre anschließende Flucht vor den Russen im Detail schildern. Mutter erzählte, dass er unter einer Wärmehaube lag, die die Kälte des nahenden Todes so gut wie möglich überbrücken sollte. Eberhard war zeitweise wach, Mutter hielt seine Hand und betete ein Vaterunser. Sie hatte ein letztes Mal die Gelegenheit, Ihren Sohn in die Arme zu schließen, ihn auf seinem schweren Weg zu begleiten. Aus seinen Augenwinkeln traten ein letztes Mal seine Tränen heraus, er verstarb in den Armen meiner Mutter.

Seine letzte Ruhestätte wurde ein Massengrab, wie es zu dieser Zeit für viele tote Soldaten üblich war.

Wir haben bis zum heutigen Tage den genauen Ort dieses Grabes nicht mehr ausfindig machen können.

Die Trauer von meiner Oma hielt sich in Grenzen. Sie hielt es für selbstverständlich, dass man sich im Kampf für den Führer und den sogenannten Endsieg opfern sollte, wie ihr Enkel. Der einzige Kommentar von ihr, der mir im Gedächtnis geblieben ist, lautete "Es ist zwar sehr traurig, aber er ist ja für Volk und Vaterland gestorben und das tröstet mich ein wenig."

Sie liebte Hitler nach wie vor und hielt an ihrem Standpunkt „Das ist so richtig", fest. Nachdem sie schweren Herzens Abschied von Eberhard nahmen, versuchten sie zunächst in Gotenhafen auf ein Schiff zu kommen. Auf dem Weg zum Hafengebiet kamen sie an gestrandeten toten Leibern von Mensch und Tier vorbei. Viele dieser Verstorbenen hatten versucht, sich über das gefrorene Haff zu flüchten und sind dabei vermutlich ins Eis eingebrochen und erfroren. Durch die Gezeiten sind die Körper an Land gespült worden. Wochen vorher war von Gotenhafen aus das Kreuzfahrtschiff der Organisation KFD (Kraft durch Freude), die Wilhelm Gustloff, in See gestochen. Sie war ein Kreuzfahrtschiff, zudem war sie von Anfang an auch als Lazarettschiff konzipiert gewesen. Sie nahm bei dieser letzten Fahrt ca.10.000 statt 5.000 Menschen auf. Hauptsächlich Mütter, Kinder und verwundete

Soldaten. Das Schiff wurde von drei russischen Torpedos getroffen. Sie versank am 30. Januar 1945 in der 2°C Grad kalten Ostsee. Es gab bei dieser Katastrophe lediglich 1.239 Überlebende. Wie meine Mutter später erzählte, lag ein Geruch von Verwesung, Rauch und Öl von den brennenden Hafenanlagen in der Luft. An diesem Tag fuhr kein Schiff mehr. Sie kämpften sich durch das Chaos und fanden zunächst eine mickrige Bleibe in einem Dachgeschoß einer Scheune für die Nacht, die nur über eine Leiter zu erreichen war. Beim Betreten der Leiter knickte meine Mutter mit dem Fuß um. So war Sie mit geschwollenem Fuß arg behindert. Sie übernachteten dort, und am nächsten Tag versuchten sie ihr Glück nochmal, einen Platz auf einem Schiff zu finden, das nach Westen fuhr. Sie hatten Glück im Unglück und ergatterten einen Platz auf einem Mienensuchboot. Über die Ostsee ging es in der kommenden Nacht weiter in Richtung Stralsund. An Bord war es totenstill. Die Angst vor einem feindlichen Angriff war groß. Plötzlich gab es einen ohrenbetäubenden Knall und das ganze Boot erzitterte, vermutlich waren Sie auf eine Seemine aufgelaufen. Es brach Panik aus. Angeschlagen schlingerte das Boot Stunden in der todbringenden kalten Ostsee. Wie vom Himmel geschickt tauchte aus dem Schatten der trüben, nebeligen dunklen Nacht ein größeres Schiff auf, welches zu Hilfe kam. Es versuchte trotz starkem Seegang, die Überlebenden bei einer sich bietenden Wellenbrechung an Bord zu nehmen. Mutter erzählte von einem verstörten Mann, der um seine wertvolle Briefmarkensammlung trauerte, die er auf dem Boot zurücklassen musste. Mutter und Großmutter verloren sich auf dem Rettungsschiff aus den Augen, fanden sich zum Glück aber kurz darauf an Land wieder. So kamen sie nach einer langen, schmerzvollen Odyssee in Stralsund an.

Einige Tage blieben wir dort und flüchteten dann weiter Richtung Westen. Es stand zu diesem Zeitpunkt überhaupt nicht fest, wo genau wir hin flüchten wollten, Hauptsache nach Westen. Opa ist nicht mitgegangen, Vater meinte nur, er wolle was erledigen und käme später nach. Wieder in einem großen LKW mit Planenverdeck wurden wir auf der Ladefläche nach Schwerin transportiert. Dort angekommen, wurde uns eine Ein-Zimmerwohnung zugewiesen. Die ständigen Bomberangriffe ließen uns des Nachts oft kein Auge zu tun. Wir und die fast halbe Stadt fanden sich nachts an den Ufern des Schweriner Sees wieder in der Hoffnung, dass das Schloss vom Feind verschont werden würde.

Mein Vater hatte auf Grund seiner Liebe und Verbundenheit zur Landbevölkerung die Idee, in ländliche Gefilde zu flüchten. So kamen wir in das etwa 15 Kilometer von Schwerin entfernte kleine Dorf Rugensee am gleichnamigen Gewässer. Die tägliche Essensausgabe war spärlich. Und so ging mein Vater von Hof zu Hof und, wie man sagte, „schnorren – nicht betteln!" Dafür war er aufgrund seiner Stellung im Leben und Beruf zu stolz. Also ging der Herr Dr. zu den ortsansässigen Bauern mit mir, um seine Lage, die Geschehnisse und das Leid zu schildern, welches uns widerfahren war. Man hatte Mitleid, die meisten Bauern waren uns gegenüber aufgeschlossen und hilfsbereit.

Es hatte sich im Dorf rumgesprochen, dass mein Vater einen „Doktortitel" hatte. Ein Hofbesitzer ließ meinen Vater just kommen, damit er ihn behandeln könne. Doch das benachbarte Dorf mit dem Namen „Metelen", ich erinnere mich noch gut daran, lag ca. 6 km entfernt. Vater ließ seine spärlichen Kontakte zu den Bauern spielen. Tatsächlich bekam er einen alten Pferdewagen mit einem Pferd geliehen.

Was uns auf dieser Fahrt widerfahren sollte, lässt mir heute noch das Blut in den Adern gefrieren.

Wir waren einigermaßen guter Laune und kamen, für mich war es ein Erlebnis, gut voran.

Aus heiterem Himmel kam urplötzlich die Gefahr auf uns zu. Ein feindlicher Tiefflieger nahm Kurs auf unsere Richtung. Wir sprangen in Windeseile vom Bock in den neben uns verlaufenden

Straßengraben, duckten uns und beteten. Wir vernahmen das ohrenbetäubende Geheul des Fliegers, sowie das Knallen der Salven aus den Bordkanonen. Wir hielten den Atem an, bewegten uns nicht und hofften, dass er nicht nochmal zurückkam. Als Ruhe einkehrte, erhoben wir uns und trauten unseren Augen nicht. Ein nur circa 200 Meter vor uns fahrender Sanka war in helle Flammen aufgegangen. Wir hatten ihn vorher gar nicht so richtig wahrgenommen. Er war durch das Rote Kreuz auf dem Dach klar als Sanitätskrankenwagen erkennbar.

„Diese Barbaren!" dachten wir.

Nachdem wir uns von dem Schrecken erholt hatten – wir zitterten noch lange am ganzen Leib – setzten wir unsere Fahrt zu dem Bauern fort. Wir hatten Glück, dass das Pferd samt Wagen nicht durchgegangen war.

Als wir, also der Herr Doktor mit seinem Sohn, auf dem Hof ankam, eilte der Kranke bereits auf uns zu, begrüßte uns und dankte fürs Kommen. In der guten Stube zeigte er meinem Vater sein Leiden. Ich musste weggucken, vom Hals bis zum Rücken runter war die Haut über und über von eitrigen Furunkeln übersäht. Mein Vater war nicht unbeholfen, kannte er sich doch mit Messer und Wunden aus. Beim Jagen hatte er die Beute stets selbst ausgeweidet. Auch Zecken oder gemeiner Holzbock genannt entfernte er uns Kindern gekonnt aus der Haut, wenn wir uns welche beim Spielen im Gras eingefangen hatten. Mein Vater drückte hier und da die bösen Stellen auf, versorgte die Wunden mit Pferdesalbe und verband den Rücken. Der Landwirt war durch mehrmaliges Aufsuchen und Versorgung mit frischen Verbänden alsbald geheilt. Als Gegenleistung erhielten wir Eier, Schinken, Wurst, Brot, sogar süße Marmelade für uns Kinder. Somit war unsere Verpflegung für die nächste Zeit gesichert. Es ist schwer zu beschreiben, was es für uns bedeutet hat, nach langer Entbehrung solche Köstlichkeiten genießen zu dürfen. Das Doktordasein hatte irgendwo und irgendwann aber auch seine Grenzen gehabt.

Natürlich war mein Vater doch Jurist und kein Arzt, nur das wussten die meisten Bewohner im Dorf nicht. Aber das Glück, wie auch der Zufall, waren unserer Familie hold. Zwischenzeitlich wurden wir in einer alten Arztvilla im obersten Stock einquartiert. Nach einiger Zeit trafen hochrangige Nazigrößen mit ihrem feinen Pferdetross ein. Sie waren der Meinung, dass ihnen diese Räumlichkeiten zuständen. Wir mussten vorübergehend in den Kuhstall eines großen Gutes in der Nachbarschaft umziehen. Dieses Gut gehörte einer Familie Pingpang. Wir fanden uns auf Heu und Stroh wieder. Die täglichen verbalen Angriffe vom Gutsbesitzer auf uns Flüchtlinge machten uns sprachlos. Die Gutsfrau ließ sich zu den Worten hinreißen: „Immer diese Flüchtlinge! Lieber esse ich die Butter mit dem Löffel, als denen etwas zu geben und überhaupt zieht weiter!"

Die Nazis mit ihren Pferden waren einige Tage später bei einer Nacht und Nebel Aktion getürmt, und wir konnten wieder in die Villa einziehen.

Damals wie heute kann ich nicht verstehen, wie notleidende Flüchtlinge derart unmenschlich und abstoßend behandelt werden. Es vergingen einige Tage. Kurz vor der Kapitulation marschierten die Amerikaner mit ihren schweren Panzern mit großem Getöse in das kleine Dorf ein. Kaugummi kauend lächelten sie uns an und warfen a´la „Kamelle" Schokolade und Kaugummis den Dorfkindern zu. Das konnte für uns alle nur Gutes heißen. Die Situation war total entspannt, wir hatten eine verhältnismäßig gute Zeit und genug zu essen: Pfannkuchen, Kekse, Dosenwurst etc. aus amerikanischem Proviant. Die Amerikaner teilten, das allein zählte!

Ein Zwischenfall, der uns nachdenklich machte, geschah in den darauffolgenden Tagen. Die amerikanischen Soldaten waren immer sauber, gepflegt und zum Teil mit ihren weißen T-Shirts geradezu adrett gekleidet. Mittlerweile kannten wir die meisten Jungs, da sie auch beim Bauern Pingpang untergebracht waren und morgens und abends zum Appell an unserer Villa vorbei kamen. Eines Tages vermissten wir beim Appell „Franky." Er war ein gutaussehender schwarzer Typ, ähnlich dem Schauspieler Denzel Washington. Franky war eines Tages nicht mehr zum Dienst erschienen. Wo war er? Es mochte oder konnte uns keiner sagen. Er fehlte einige Zeit und dann war er plötzlich wieder da. Am Eingang des Gutshofes stand unser „Franky Boy" steif und starr. Er trug bei 30°C Grad im Schatten Stulpenhandschuhe und musste längere Zeit dort Wache schieben.

Es sprach sich auf den Gutshof herum, dass sich Franky wohl an einer deutschen Frau vergangen haben soll. Was genau geschehen war, wussten wir jedoch nicht. Die Strafe für ihn folgte auf dem Fuße. In dieser Hinsicht waren die Amerikaner konsequent. Sie taten viel, um ihr Ansehen in der deutschen Bevölkerung zu festigen. Er wurde vermutlich zu einer anderen Einheit versetzt.

Wir haben ihn nie wieder gesehen.

***

Die Zeit der Unsicherheit aber blieb bis zum 8. Mai 1945, dem Tag der Kapitulation.

Die Erleichterung, besonders die Meldung der „geliebte Führer" sei tot, nahm uns endgültig die Angst und verbreitete Zuversicht.

An einem nebeligen Morgen übernahmen die Bodentruppen der britischen Armee mit ihren Jeeps die Herrschaft über das kleine Dorf Rugensee.

Fortan gab es nur noch Tee und Zwieback in spärlichen Portionen, die Zeit des Hungerns begann.

„Der Russe kommt, der Russe kommt!" hörte man sagen.

Die Frauen waren aus Vorberichten andere Leute in höchster Angst. Vergewaltigungen, Brandschatzungen sowie das schreckliche, barbarische Vorgehen der russischen Armee waren uns durch Erzählungen nicht verborgen geblieben. Die Frauen wurden vorsorglich in Kammern oder im Kornfeld versteckt, um einem Drama zu entgehen. Kurz darauf quartierten sich die roten Brüder ein und warteten sicherlich auf weitere Befehle. Die Frauen aus den Kornfeldern schlichen sich später so gut es ging unbemerkt in die Unterkünfte und blieben größtenteils auch dort, um sich vor sexuellen Übergriffen zu schützen.

Abends machten die Russen ein großes Lagerfeuer, verbrannten nationales Gedankengut, Fahnen und was ihnen sonst noch in die Finger kam. Nach Indianerart tanzten sie wie wild um das Feuer, sangen ihre heimischen Lieder und freuten sich, wenn wir Kinder ihnen zuschauten. Hin und wieder kam es zu Augenkontakten, einem Lächeln sogar einem Augenzwinkern. Wir hatten keine Angst vor ihnen. War uns doch von unseren Eltern klar gemacht worden, dass sie eigentlich unsere Befreier von dem verhassten Naziregime waren. So lebten wir in verhältnismäßiger Ruhe, jedoch unter ständiger Kontrolle der Russen.

Einige Tage später drangen die Roten in unsere Behausungen ein. Die Sprache klang unverständlich, aber die Gestik verdeutlichte, was sie wollten. Sie forderten lauthals: „Uhri, Uhri"! und durchsuchten uns nach Brauchbarem. Ihr Hauptaugenmerk beschränkte sich auf Gold, Silber und auf Uhren. Sie nahmen alles an sich und prahlten vor ihren Kameraden damit. Ich habe einmal gesehen, dass ein russischer Soldat den ganzen Unterarm mit Armbanduhren bestückt hatte. Es sah für mich damals beeindruckend aus. Dass sie fündig bei uns wurden, war noch nicht das Schlimmste. In unserem Raum fanden sie eine Walther Pistole, die wahrscheinlich die Nazis bei ihrem Kurzbesuch in der Eile hatten liegen lassen. Uns ist diese Waffe nie aufgefallen, sonst hätte mein Vater sie entfernt. Sofort kam mein Vater als einziger Mann im Raum in den Verdacht, Besitzer dieser Waffe zu sein, was er aber vehement bestritt. Er wurde mehrere Tage in einem Zimmer der Villa einem strengen Verhör unterzogen. Zeitweise stand er am

Fenster und konnte uns unauffällig zuwinken. Er konnte die Russen mit seiner jahrelangen Erfahrung als Jurist und von seiner Unschuld überzeugen, musste die Villa aber verlassen. Er wurde irgendwohin verbracht und kam erst nach einigen Tagen quälender Sorgen wieder zurück.

***

Unter den Russen war natürlich der Wodka eine beliebte tägliche Mahlzeitergänzung.

Hier sollte ich mit eigenen Augen den ersten schweren Verkehrsunfall erleben. An einem Tag im Sommer 1945 raste eine fröhliche Gruppe angetrunkener Soldaten mit einem „organisierten" PKW die Dorfstraße hinunter. Sie kamen nicht weit. Wahrscheinlich aus mangelnder Fahrpraxis knallten sie in voller Fahrt gegen eine der schönen mecklenburgischen Eichenbäume, die am Rande der Straße standen.

Für zwei Russen kam jede Hilfe zu spät.

Sie starben noch an der Unfallstelle.

Trotz aller bestehenden Feindseligkeiten bedauerten wir den Tod der beiden und lebten unser Leben weiter im Dorf Rugensee.

Opa ist wieder da

In dieser Zeit vermissten wir Kinder unseren Opa. Er hatte er uns still und leise in Schwerin verlassen, ohne zu sagen, wohin er wollte. Ich, inzwischen ein achtjähriger Knirps, spielte auf der Dorfstraße. Plötzlich schlich eine armselige Gestalt die Straße herauf in meine Richtung. Zerrissen und auf Socken erkannte ich die Gestalt.
Es war mein tapferer Opa!
Die Freude war groß, hatte er doch überlebt. Er brauchte Tage bis er wieder ansprechbar war. Seine Odyssee, sein Mut und sein unbändiger Lebenswille waren beispielhaft für mich.
Endlich war Opa wieder da!
Er schilderte uns, wo er herkam und was er erlebt hatte. Opa hatte sich in Schwerin voller Heimweh zurück nach Köslin hinter die feindlichen Linien durchgeschlagen. Aber nicht nur deswegen! Nach seinen Erzählungen hatte er in unserem Haus unter den Bodenbrettern einige wertvolle Erinnerungsstücke deponiert, die er rausschaffen wollte. Die Verwüstung durch die Soldaten war allerdings groß. Mein Vater war leidenschaftlicher Fotograph gewesen und so waren Fotos und Filme, die sie in unserem Haus gefunden hatten, im ganzen Garten verstreut. Beim Betreten des Hauses fiel zuerst sein Blick im Wohnzimmer auf eines von vielen wertvollen Bildern. Die Russen hatten auf das Gemälde des 14-ender Hirschen geschossen und direkt ins Herz getroffen. Opa wurde an diesem Teil der Erzählung nachdenklich und äußerte nur: „Fritz war so stolz darauf."
Mein Großvater begab sich auf den Dachboden, um die versteckten Gegenstände zu bergen. Er nahm die Bodenbretter auf, holte die wertvollsten Dinge heraus, und verstaute diese in einem Sack. Diesen Sack hatte er sich zuvor aus dem Stoff eines Indianerzeltes, das dort noch lag, in mühsamer Kleinstarbeit genäht. Das Gehörn des ersten Bockes meines Bruders musste er als Erinne-

rungsstück unbedingt mitnehmen. Dann hörte er unten im Haus verdächtige Geräusche. Sein erster Gedanke. „Russen!" Aber da hatte er sich getäuscht. Im Hauseingang standen zurückgebliebene deutsche Frauen mit Waschkörben und fragten meinen Opa, ob denn hier noch was zu holen sei. Hier waren sie allerdings an den falschen Mann geraten. Sie wussten ja nicht, dass mein Großvater zu diesem Haus gehörte. Er musste, vermute ich, völlig echauffiert gewesen sein und warf diese diebische Brut hochkantig, unter wilden Beschimpfungen, aus dem Haus. Er beschloss dort nicht mehr zu bleiben. So machte er sich auf den Weg zurück nach Westen und verließ für immer seine geliebte pommersche Heimat.

Es kam jedoch zu einem Kontakt mit den Russen, die Züge mit Flüchtlingen in Richtung Westen fahren ließen.

Es kam, wie es kommen musste:

Sein Sack mit all den geliebten Habseligkeiten wurde ihm entrissen, den goldenen Ehering hatten sie ihm glücklicherweise nur vom Finger gezogen und einige Goldkronen wurden regelrecht aus seinem Gebiss ausgeschlagen. Nun durfte er seine weitere Reise fortsetzen in der Hoffnung, seine Familie wiederzufinden. Mein Opa war ein schlauer und bewanderter Mann. Er hat sich sehr wahrscheinlich in der alten Behausung in Stralsund nach uns erkundigt und mein Vater hinterließ vermutlich die Adresse unserer neuen Unterkunft in Rugensee. So muss es gewesen sein, anders kann ich mir seinen Weg zu uns nicht erklären. Er war da und das allein zählte.

Die Hoffnung stirbt zuletzt

Es war ein heißer Sommer und wir schwebten in ständiger Ungewissheit vor der Zukunft. Es dauerte und dauerte mehrere Wochen. Bald kam Hoffnung auf. Die zuständige russische Kommandantur machte durch Zettel so gut es ging bekannt: „Die Flüchtlinge, die Verwandtschaft im fernen Westen hatten, dürfen die Reise antreten!" Wir nutzten die Gelegenheit und gaben an, zu Tante Charlotte in Dieringhausen zu flüchten. Kurz bevor wir das idyllische Dorf verließen, tauchte der Bruder meines Vaters, Onkel Kurt, plötzlich auf. Er wollte uns überreden, wenigstens in der vorpommerschen Heimat zu bleiben. Mein Vater mit seiner sozialdemokratischen Einstellung wollte sich nicht mit der sich anbahnenden kommunistischen Regierung an einen Tisch setzen.
Onkel Kurt war in unserer Heimat „Dentist", heute sagt man Zahnarzt.

Er entdeckte im Dorfteich von Rugensee einen halbversunkenen Personenwagen. Onkel Kurt als leidenschaftlicher Autofahrer war doch glatt Feuer und Flamme und wollte diesen Wagen haben. Er besorgte sich bei einem Bauern einen Trecker und zog den Wagen an Land. Nach kurzer Reparatur verließ er unsere Familie mit dem Wagen in Richtung Rostock. Er machte, wie wir später erfuhren, in Kröpelin eine Praxis auf, die er bis zu seinem Tod betrieb.

***

Die russischen Machthaber besetzten unsere schöne pommersche Heimat, da sie Platz für die Volksstämme im Osten schaffen wollten. So deportierten sie die Kaschuben, ein westslawisches Volk, das im heutigen Polen in der Woiwodschaft Pommern, im Landstrich Kaschubin, auch Kaschubei genannt, lebt.

Weiter Richtung Westen

Mit Ende des Zweiten Weltkrieges und der Teilung Deutschlands in zunächst vier Besatzungszonen wurde auch der Bahnverkehr der seit 1920 bestehenden „Deutschen Reichsbahn" geteilt. Die Demarkationslinie war zwischen der Sowjetischen Besatzungszone (SBZ) und den westlichen Zonen. Innerhalb ihrer Grenzen errichteten die Besatzungsmächte jeweils eigene Bahnbetriebe, um den Zugverkehr zügig wiederaufzubauen.

Wir wurden mit unseren wenigen Habseligkeiten von Rugensee wieder mit dem LKW nach Schwerin gefahren, von dort aus ging es teils mit einem Interzonenzug oder auch Kohlen- Transportern bei Wind und Wetter weiter. Wie lange wir unterwegs waren, ist meinem Gedächtnis entschwunden. Ich erinnere mich nur schwach, dass unsere Familie in Ahlen/Westfalen nach langer Fahrt ohne ausreichendes Essen und Trinken ankam und dort registriert wurde. Wir mussten uns alle einem Prozedere der Entlausung unterziehen. Dies geschah durch Einpumpen des Läusepulvers in Ärmel-, Hosenbeine und andere Öffnungen der Kleidung. Dann durften wir eine Nacht ausruhen.

Es war der 16. Oktober 1945, als wir mit offenen Kohletransportern Richtung Dieringhausen/Gummersbach den letzten Teil unserer Flucht antraten. Während der Fahrt mussten wir immer auf der Hut sein, dass uns nicht glühende Rußpartikel der Dampflock auf Kleidung oder Kopf flogen, das hätte arge Verbrennungen gegeben. Wir kamen heil und unversehrt an der Station Dieringhausen bei Tante Charlotte, der Schwester meiner Mutter, an. Glücklich dass wir es bis hierhin geschafft hatten. Tante Charlotte begrüßte und drückte uns herzlich.

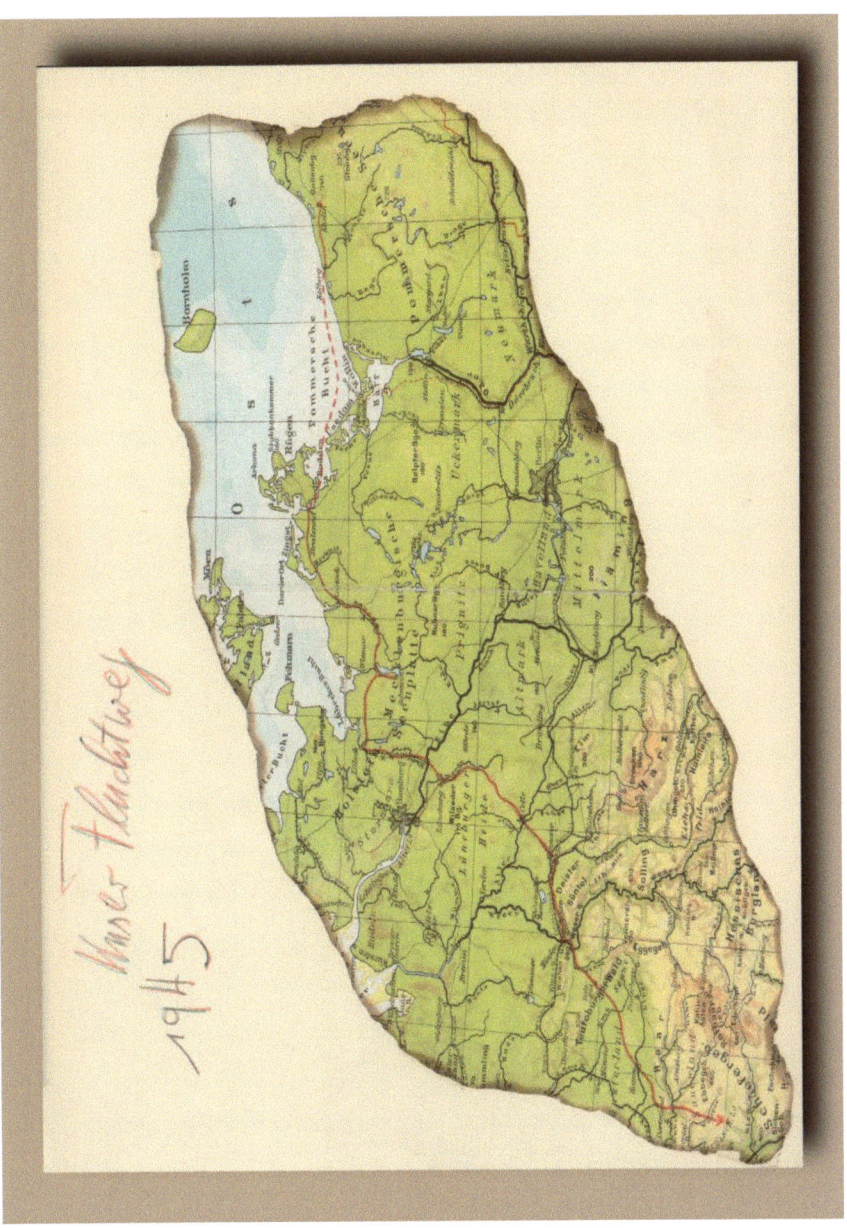

Mutter

Vater

Mein Elternhaus

Gundula; Mutter; ich und Eberhard

klein Dietmar hinterm Steuer

Die Flobert meines Bruders

Großmutter Elsa

Eberhard; Großvater und Gundula

In Dieringhausen war aufgrund des steten Zuwachses der Flücht-
lingszahlen die Wohnungsproblematik sehr groß. Die Bretterba-
racken, die zu Hitlerzeit für Zwangsarbeiter gebaut wurden, boten
nun vielen Flüchtlingen ein Dach über dem Kopf. Der Winter
1945 war extrem kalt, es herrschte allgemeiner Brennstoffmangel.
Heizmaterial, wie Kohle, oder Ähnliches mussten gut eingeteilt
werden. Die Bevölkerung in Dieringhausen und Gummersbach
wurde aufgerufen, ihre Kleiderschränke zu öffnen. Sie sollten die
Sachen abgeben, die sie nicht mehr benötigen und den Notleiden-
den spenden.

Beginn der Nachkriegszeit

Tante Charlotte lebte mit ihren Kindern immer noch in der Villa mit ihrem Schwiegervater zusammen. Sie nahmen uns herzlich auf. Das Haus war im Stil des Historismus gebaut und hatte zwei weiträumige Etagen. Trotzdem mussten wir zusammenrücken. Das Leben spielte sich meistens in der geräumigen Küche mit dem großen alten Küchenofen ab. Wenn sich eine Mitfahrgelegenheit bot, begab sich mein Großvater ins rheinische Vorgebirge, um bei den Bauern etwas Essbares zu organisieren. Es gab sehr wenig zu Essen. Alles war rationiert wie z.B. Butter, Eier, Käse und Fleisch. Alles war Mangelware. Meine Tante mit den vier Kindern und wir waren gezwungen, alles Essbare redlich einzuteilen. Es gab oft zum Abendbrot für jeden von uns nur zwei gekochte Kartoffeln, mehr nicht. Das Sättigungsgefühl hielt nur kurzzeitig und uns knurrte der Magen bis zum frühen Morgen. Vom vielen Magenknurren gab es oftmals heftige Bauchschmerzen und Krämpfe, die sehr schmerzhaft waren.
Der Mantel, den meine Mutter auf der Flucht getragen hatte, erwies sich nun als wahre Kostbarkeit.

Brosche/Hirschgeweih mit Grandeln

Vorsorglich hatte sie schon in der Heimat in den Saum des feinen Wolltuchmantels mit Biberkragen wertvolle Schmuckstücke eingenäht. Diese Schmuckstücke hat mein Vater vor Jahren bei einem Goldschmied in Berlin nach seinen Entwürfen extra für Sie anfertigen lassen. Der Mantel begleitete Mutter bis zu ihrem Tode. Stück für Stück gab mein Vater die Tauschobjekte frei, tauschte sie gegen Essbares ein.

Mein Opa hatte einmal Rüben organisiert, sie waren zwar eigentlich für das Vieh der Bauern bestimmt, aber er hatte eine Idee. Er hat die Rüben in dünne Scheiben geschnitten und röstete sie auf der glühenden Herdplatte vom Kohleofen, so dass sie etwas Bräune bekamen. Er brühte sie mit kochendem Wasser auf, ließ das Ganze ziehen, ähnlich wie Tee und so wurde eine Art Kaffeeersatz daraus, der uns allen zu Gute kam. War ja kein Koffein drin. Es schmeckte wie der Sud von gekochten Kartoffeln und von gekochtem Kohlrabi zusammen mit ein wenig Röstaromen, nur süßlicher. Mit ganz viel Phantasie konnten wir uns so auch eine Suppe vorstellen. Oftmals halfen solche Illusionen über den größten Hunger hinweg.

***

Es war natürlich an der Zeit, dass meine Eltern mich wieder in die von mir so ungeliebte Schule schicken mussten. Ich ging mittlerweile in die zweite Klasse. Vater hatte einen braunen Lederranzen organisiert, der nur aus einem großen Fach bestand. Darin befanden sich eine Schiefertafel mit Griffel, ein Schwämmchen, ein Henkelmann, ein Lesebuch und ein Rechenbuch. Die Bücher waren eine Leihgabe der Schule und entsprechend schon gebraucht. Nach Beendigung des Schuljahres wurden die Bücher wieder zurückgegeben. Ich musste daher sorgsam damit umgehen und durfte nicht hineinschreiben. Für unser Essen, die sogenannte

Schulspeisung, die wir Kinder in der Schule bekamen, nahmen wir einen leeren Henkelmann und einen Löffel mit. Dieser Henkelmann wurde dann in der Pause von einem Lehrer oder einer Lehrerin mit einer Schöpfkelle dünner Suppe gefüllt, so dass wir daraus essen konnten.

Meine Lehrerin war ein wahrhaftiger Dragoner! Groß, korpulent, nicht sehr hübsch anzusehen, mit anderen Worten echt unvorteilhaft. Sie stand kurz vor ihrem Ruhestand und war die am meisten gehasste Person in der Grundschule. Sie schlug den Erst- sowie den Zweitklässlern mit dem Rohrstock bei Unartigkeiten auf die Finger, was zu dieser Zeit üblich war.

Aber nicht nur das.

Sie zog an den Ohren und drehte sie mehrfach um. Das ist mir tatsächlich passiert, sogar soweit, dass am oberen Ansatz das Ohr blutig eingerissen war. Meine Eltern beschwerten sich bei ihr, aber geändert hatte sich nicht viel, und ich musste weiter diese Tortur über mich ergehen lassen. Es gab aber nicht nur negatives während meiner Schulzeit. Wir hatten endlich wieder Sportunterricht und dieser machte mir nach wie vor Spaß. Das gemeinsame Trainieren für einen bevorstehenden Wettkampf und der Ehrgeiz, bei dem eigentlichen Wettkampf möglichst unter den ersten fünf zu sein, spornten mich immer neu an. Gerade beim Wettlauf stellte sich heraus, dass ich einer der Schnellsten war.

***

In dieser schweren Zeit sprach Opa kaum ein Wort, ging in den kleinen Gemüsegarten, den Tante Charlotte hatte und machte sich nützlich. Er hegte und pflegte die Pflanzen. So war der Hunger zeitweise für uns etwas gemindert, aber wir mussten auch immer aufpassen, dass uns nichts aus dem Garten gestohlen wurde. Es war ein Bild des Jammers, Opa war nicht mehr so wie ich ihn einst kannte.

Nach dieser Zeit der Flucht und voller Gram starb er im Alter von 76 Jahren an gebrochenem Herzen, im wahrsten Sinne des Wortes. Mutter erlebte hautnah den Tod ihres Vaters mit. Hier in Dieringhausen fand er seine letzte Ruhestätte und verlor sein geliebtes Pommernland auf ewig.

***

Es ereigneten sich schöne und skurrile Begebenheiten während wir in Dieringhausen wohnten.
Mein Vater wurde kurzfristig Richter beim Amtsgericht in Gummersbach, hatte sogar ein Auto organisiert und sorgte für unsere Familie aufopferungsvoll. Meine Mutter half im Haushalt mit und kümmerte sich liebevoll um uns Kinder.

***

Große Ereignisse warfen ihre Schatten voraus. Die Wohnung meiner Tante wurde überaus gründlich geputzt und feierlich geschmückt, es war sowieso immer alles pikobello und vom Feinsten. Es kam der Tag des Herrn in Gestalt eines Pastors, der auch in Dieringhauen seinen Wohnsitz hatte und entfernt mit uns verwandt war. An den Namen kann ich mich leider nicht mehr erinnern. Die feierliche Prozedur einer bevorstehenden Taufe nahm Gestalt an. Hatten doch die Nazis dafür gesorgt, dass alle Kinder meiner Tante nicht getauft wurden. So wurden meine drei Cousins, sowie eine Cousine, nacheinander im Beisein der ganzen Familie nachträglich durch die Taufe in den Kreis des Christentums aufgenommen.

***

Wir Kinder hatten eine tolle Truppe zusammen. Wir spielten in

dieser Zeit an den Ufern des kleinen Flüsschens „Agger", hatten Zelte und sehr phantasievolle Cowboy- und Indianerkostüme aus eigener Herstellung. Indianer gegen Bleichgesicht.
Der Kampf war meistens unentschieden ausgegangen.

Meine Freunde beim Zelten an der Agger

Die Agger hatte einen Nebenarm unmittelbar des breiten Wasserfalles. Dieser Arm nannte sich „Obergraben." Hier machte ich meine ersten Schwimmzüge. Da der Obergraben tiefer war, konnten ganz Mutige von einer darüber liegenden Rampe ihre kunstvollen Sprünge ins Wasser machen. Unter diesen mutigen war auch Brigitte, genannt „Ditta." Sie war die Tochter von einem uns befreundeten Landarzt, der mit seiner ganzen Familie noch in den Kriegsjahren zu uns an die pommersche Ostsee kam, zur sogenannten „Sommerfrische." Sie wohnten dann in unserem Haus. Ditta war ein richtiger Lausbub. Immer lustig, tonangebend und liebenswert. Sie imponierte mir von Anfang an. Sie hielt mir aber immer wieder vor, dass ich ihr einst das rote Eimerchen, an der See im Sand spielend, nicht hatte geben wollen.

So neckten wir uns oft, auch als wir erwachsen waren und was sich neckt, dass liebt sich ja meistens. In diesen schönen Sommertagen gingen wir oft in die benachbarte Badeanstalt, wir cremten uns gegenseitig die Rücken ein, ich ließ mich dazu hinreißen, ihr das Fahrrad zu putzen. So oft wie möglich lief ich die ca. 1.000 Schritte abends zu ihrer Familie am unteren Ende der Hauptstraße und wieder heim. Ich war verknallt, sogar verliebt in dieses Mädchen.

"Ditta", meine erste große Liebe.

Umzug nach Düsseldorf

Mein Vater bewarb sich im Düsseldorfer Innenministerium und hatte eine Stelle als Oberregierungsrat bekommen. So konnten wir nach zwei Jahren Aufenthalt in Dieringhausen im Herbst 1947 nach Düsseldorf umziehen, und ich konnte mich den qualvollen Torturen meiner Lehrerin endlich entziehen.

Vater wurde auf Grund seiner Fähigkeiten sowie seiner Kompetenz als Jurist Leiter der Abteilung „Wiedergutmachung." Fortan war er konfrontiert mit den Verfolgten des Naziregimes. Hierzu gehörten überwiegend Sinti, Roma und Juden, denen er tatkräftig seine ganze Unterstützung widmete. Wusste er doch inzwischen von dem Leid und Elend, was diesen armen Menschen widerfahren war. So kam es oft zu persönlichen Gesprächen mit diesen „Zigeunern", wie sie damals tituliert wurden. Es hatte sich in diesen Kreisen schnell herumgesprochen, dass mein Vater ihnen zur Seite stand. Er war beliebt und anerkannt und immer um einen Ausgleich bemüht. Dieses Engagement meines Vaters ging so weit, das ihm aus lauter Dankbarkeit Original-graphiken des bekannten Malers „Otto Pankok" geschenkt wurde. Unter anderem eine so begehrte Graphik namens „Ringela." Des Weiteren ein Bild, welches einen Bauernhof mit spielenden Kindern darstellte. Leider landete eines Tages dieses Bild in Unkenntnis meiner nicht so kunstbeflissenen Mutter wahrscheinlich im Ofen als Anzünder. Es tauchte auf jeden Fall nie wieder auf. Die „Ringela" ist heute im Besitz meiner Schwester Gundula und wird in Ehren gehalten.

In der Zeit vor der Währungsreform 1948 blühte der Schwarzmarkt

Während die Lebensmittelversorgung auf dem Land einigermaßen gesichert war, war sie in den meisten Städten katastrophal. Sämtliche landwirtschaftlichen Erzeugnisse und Genussmittel unterlagen nach wie vor der öffentlichen Bewirtschaftung. Die Lebensmittelversorgung erfolgte nach einem Plan der Regierungsämter. Hier wurde die Bevölkerung erfasst, und die Ämter regelten die Zuteilung der Lebensmittelkarten. Es wurde nach Alter und unterschiedlichen Lebensverhältnissen, bzw. nach Kalorienbedarf berechnet. Es durfte nur im Rahmen der Lebensmittelkarten und Bezugsscheinnachweise darüber verfügt werden. Auf jedem Kartenabschnitt wurde aufgeführt, wieviel Gramm dem einzelnen Menschen zustanden, z.B. wieviel Brot oder Butter. Darüberhinaus war keine offizielle Verteilung von Lebensmitteln gestattet. So war die Nahrungsmittelversorgung mit Grundnahrungsmitteln durch die Beibehaltung des in den Kriegsjahren "erprobten" Bezugskartensystems einigermaßen sichergestellt. Als Nebenerscheinung der Rationalisierung gab es den sogenannten "Schwarzmarkt", auf dem gegen überhöhte Preise nahezu alle gesuchten Waren und Lebensmittel besorgt werden konnten. Vater hielt die Familie mit dem Verkauf von Schmuckstücke meiner Mutter über Wasser. Eines Tages ging ich mit meinem Vater in dunkler Nacht in einen Keller eines naheliegenden Hauses. Hier saßen wir mit anderen Menschen schweigend in einer Art Warteraum, ihre Mimik zeigte Anspannung und Unsicherheit. Sie alle schienen etwas Verbotenes unterm Rock oder in der Tasche zu haben. Es waren Tauschobjekte.
Bedingt durch die sich hinziehenden Tauschgeschäfte im Raum nebenan warteten wir Stunden, bis wir endlich in das „Paradies" eingelassen wurden. Dort gab es alle Lebensmittel, wie Eier, Butter, Käse und Rübenkraut, die wir sonst nie in der Menge be

kommen hätten. Vater bekam dort auch seine Rauchwaren. War er doch ein Genussmensch geblieben. Und so wanderte immer wieder ein Stück Heimat in die Hände von dubiosen, raffgierigen Schwarzhändlern. Den wahren Wert konnten sie vielleicht nur erahnen, den ideellen aber nie ermessen. Wir verließen diesen unwirklichen Ort und gingen mit den erworbenen Waren Heim. Es war ein kalter Winterabend. Ich suchte die Nähe zu meinem Vater, der einen wärmenden Mantel trug. Unter dem Arm meines Vaters hielt ich meine Ohren warm und nahm den Geruch seiner Zigarre angenehm wahr. Ich werde diese Situation, die Geborgenheit, die Wärme trotz kalter Nacht, nicht vergessen.

***

In dieser Zeit bekamen wir in Düsseldorf überraschenden Besuch. Vor der Tür stand ein feiner Herr.
Herr Dr. L., ein Rechtsanwalt und ehemaliger Kollege meines Vaters. Er kam geradewegs aus London. Die Vorgeschichte dazu: Bereits im April 1933 nahmen die Verfolgung des jüdischen Volks, aber auch deren Blutsverwandten, gefährliche Zustände an. In Köslin hatte Vater Herrn L nicht nur gewarnt, sondern auch zeitweise versteckt bis die beiden einen Ausweg gefunden hatten und Herr. L. sich ins sichere Ausland – nach England – absetzen konnte. Dort machte er nach dem Krieg Nachforschungen, wie es seinem Kollegen und seiner Familie ergangen ist und wo sie zu finden waren. Denn trotz all der Zeit und Geschehnisse hatte er nicht vergessen, was mein Vater für ihn getan hatte, war er doch sein Lebensretter gewesen. Wie sollte Herr L. meinem Vater also für seine Hilfe danken? Er lud uns ins vornehmste Hotel in Düsseldorf, dem „Breidenbacher-Hof" ein. Wir durften hervorragend speisen, ich bekam ein großes Eis zum Nachtisch. Für uns war dieser Besuch ein Highlight. Es gab Hoffnung und Zuversicht, dass es uns vielleicht auch bald besser gehen sollte.

Im Juni 1948 kam dann die Währungsreform

Am 18 Juni wurde die Bevölkerung durch viele Aushänge und per Rundfunk über die Währungsreform und dessen Ablauf informiert. Alle Bargeldbestände der noch gültigen Währung, z.B. Reichsmark und Rentenmark, sollten auf ein sogenanntes Reichsmarkkonto eingezahlt werden. Die Umstellung eines jeden Kontos musste separat beantragt werden.

Die Geschäfte schlossen alle am 19.Juni des Jahres meist unter dem Vorwand „wir renovieren" oder „wir bauen um."

Wir mussten uns am 20.Juni zu einer Geldausgabestelle begeben und erhielten dann pro Person ein sogenanntes Kopfgeld in Höhe von 40 DM (Deutsche Mark). Das noch auf dem Konto verbliebene Geld wurde später umgerechnet und eingetauscht.

Am 21.Juni 1948, es war ein Montag, hatten alle Geschäfte wieder geöffnet und es gab alles zu kaufen was vorher Mangelware war. Viele Leute drückten sich an den Schaufenstern die Nase platt und wunderten sich, wo auf einmal all die Waren herkamen.

Vater war wie bereits in vorigen Kapiteln erwähnt, Sozialdemokrat der ersten Stunde und nahm mich immer wieder mal mit zu den Veranstaltungen der SPD. Ich erinnere mich noch heute an die Reden von Kurt Schumacher mit seinem lädierten Arm. Er war zu dieser Zeit SPD-Parteivorsitzender und war maßgeblich am Wiederaufbau der SPD beteiligt. Er galt als großer Gegenspieler zu Konrad Adenauer. Auch wenn Schuhmachers politische Vorstellungen größten Teils scheiterten, gehörte er dennoch zu den Gründervätern der Bundesrepublik Deutschland. Seine strikte Ablehnung einer sozialistischen Einheitspartei Deutschland (SED) prägte das Profil der Sozialdemokratie entscheidend.

Als zwölfjähriger Junge verstand ich damals von diesem politischen Gerede allerdings noch nicht viel. Beruflich stieg Vater in der Beamtenhierarchie höher und übernahm das Resort des Polizei-Personalchefs NW. Hier stand er in höchster Verantwortung.

***

In Düsseldorf musste ich leider auch wieder in die Schule. Erst in die Volksschule, wie man damals noch sagte.

Diese Schule war für alle Schüler vom ersten bis zum achten Schuljahr Pflicht und kostenfrei. Nach 4 Schuljahren hatten die Kinder mit guten Noten die Möglichkeit, auf weiterführende Schulen, wie Realschule oder Gymnasium, zu gehen. Allerdings waren nicht allein die Noten entscheidend, sondern auch der Geldbeutel der Eltern. Die weiterführenden Schulen erhoben Schulgeld, die Beträge waren je nach Stadt bzw. Schule sehr unterschiedlich. Das Schulgeld lag meist zwischen 15 DM – 50 DM pro Monat für Realschulen. Gymnasien waren meist doppelt so teuer.

Ich hatte immerhin die Qualifikation für das Gymnasium geschafft, und so schickten mich meine Eltern auf eine höhere Schule in Düsseldorf Oberkassel. Die Sexta (fünftes Schuljahr) schaffte ich ohne Probleme, blieb aber prompt in der Quinta (sechstes Schuljahr) hängen und musste es wiederholen, ansonsten war die Schulzeit für mich relativ ruhig und entspannt. Freunde führten mich an den Sport heran, in erster Linie Tennis, Hockey und Fechten. Ich hatte die freie Auswahl und entschloss mich zunächst für Tennis, da die Trainingsplätze in unmittelbarer Nachbarschaft von unserer Wohnung waren.

Mit Monika, genannt Mokka, spielte ich häufig Tennis. Sie faszinierte mich und wurde zu einer guten Freundin. Mehr ist leider aus dieser Freundschaft nicht geworden. Ich bekam auch ein Fahrrad, das von nun an mein Fortbewegungsmittel war. Ich putzte es regelmäßig, auch so manchen Sturz haben wir gemeinsam mit kleinen und größeren Wunden überstanden. Das Reparieren machte Spaß und so bastelte ich mir eine beleuchtete Bremsanlage, das war die Krönung, ich war stolz wie Oskar!

Das naheliegende Rheinufer in Oberkassel, wo heute jedes Jahr die größte Kirmes im Rheinland stattfindet, war unsere Spiel-und Abenteuerwiese. An heißen Sommertagen gingen wir trotz Verbot der Eltern im Rhein zwischen den Buhnen schwimmen. Dass das Wasser damals keine gute Qualität hatte, war uns egal, Hautsache schwimmen. Ganz mutige schwammen zu den vorbei tuckernden Lastkähnen und hielten sich an herunterhängenden Seilen fest und ließen sich mitziehen. Welch ein Leichtsinn aus heutiger Sicht.

In den 50er Jahren hatten viele Kriegsheimkehrer keinerlei Berufsausbildung

Während des Krieges wurden fast alle Jugendlichen direkt nach Beendigung der Schulzeit für die Wehrmacht verpflichtet und begannen Ihren Dienst. In den späten Kriegsjahren war auch kein geregelter Schulbetrieb durch die vielen Bombenangriffe mehr möglich. Der Gedanke an eine Ausbildung war zu dem Zeitpunkt verwerflich, jeder sollte dem Vaterland dienen. Die Mädchen mussten in der Rüstungsindustrie arbeiten oder halfen bei den Rettungsdiensten, z.B. dem Roten Kreuz. Die Jungen, die gerade alt genug waren, wurden für den Einsatz an der Waffe eingezogen.

Ein ehemaliger Nachbar und alter Freund der Familie – Hans – war so ein Fall. Er war im Krieg Fliegerleutnant und Offizier geworden. Trotz verschiedener politischer Einstellungen war die freundschaftliche Verbindung zwischen Vater und ihm nie wirklich abgebrochen. Hans hatte erfahren, dass Vater im Innenministerium NW in Düsseldorf arbeitete. Er meldete sich bei meinem Vater zur persönlichen Fürsprache. Vater sorgte dafür, dass er bei der Polizei angenommen wurde und eine Ausbildung machen konnte.

Bei Vater wurden durch dieses Gespräch Erinnerungen wach, er hatte bisher wenig über die Kriegszeit gesprochen. Eines Tages ließ er sich jedoch zu diesen Äußerungen hinreißen.
Zitat:
„Nur eine Katastrophe!" sagte er voller Zorn,
„Er könnte keinem etwas zu Leibe tun, aber diesem....(er meinte Hitler, aber das Wort sprach er nicht aus), der seinen Sohn auf dem Gewissen hatte, und der an dem ganzen Elend schuld war, könnte er jeden Finger einzeln abhacken!"
Er wurde in den letzten Monaten des Krieges aus seinem Beruf

gerissen und an die Front als Volkssturm zur letzten Rettung geschickt. Er gestand eines Tages, dass seine Kameraden und er im Schützengraben eine Flasche Schnaps nach der anderen tranken, um die Situation und die Angst zu bewältigen.
Vater war in dieser Zeit voller Groll, Frust und Traurigkeit. Ihm fehlte die Heimat und vor allen Dingen die Jagd in den pommerschen Wäldern. Meinem Vater wurde der Boden unter den Füßen weggezogen, wie es auch bei vielen anderen Flüchtlingen der Fall war. Er wurde nie mehr richtig glücklich und litt.

Folgende Worte gab er mal von sich:

> „Und wenn du nicht mehr jagen kannst,
> dann denk zurück der Stunden,
> in denen dich manch stiller Gang
> mit der Natur verbunden!
> Mit der Natur die offenbar
> für dich die treuste Freundin war,
> die dir den Wald zum Dom gemacht
> und deinen Gott dir nah gebracht."

In stillen Stunden weinte er manchmal und summte ganz leise das Pommernlied vor sich hin:

Wenn in Stiller Stunde Träume mich umwehn,
bringen frohe Kunde Geister ungesehn,
reden von dem Lande meiner Heimat mir,
hellem Meeresstrande, düsterem Waldrevier.

Weiße Segel fliegen auf blauer See;
weiße Möwen wiegen in der blauen Höh,
blaue Wälder krönen weißer Dünen Sand,
Pommernland, mein Sehnen ist dir zugewandt.

Aus der Ferne wendet sich zu dir mein Sinn,
aus der Ferne sendet trauten Gruß er hin;
traget laue Winde meinem Gruß und Sang,
wehet leis und lind treuer Liebe Klang.

Jetzt bin ich im Wandern, bin bald hier, bald dort,
doch aus allen anderen treibt mich immer fort,
bis in dir ich wieder finde meine Ruh,
send ich meine Lieder dir, oh Heimat zu.

Bist du doch das Eine auf der ganzen Welt,
bist ja mein, ich deine, treu dir zugestellt.
Kannst ja doch von allen, die ich je gesehn,
mir allein gefallen, Pommerland so schön.

Vater ging in Pommern gerne Angeln

Verhängnisvolle Wahrheit

Vater war Zeit seines Lebens ein Genussmensch, ein sensibler Feingeist, Kunstfreund und hatte immer ein offenes Herz für Jedermann. Er war von zu Hause einen anderen opulenteren und vornehmeren Lebensstil gewohnt, daher konnte er nicht über die Klippe der finanziellen Knappheit hinweg sehen. Er konnte sich nicht bremsen und übernahm sich mit Ausgaben aller Art. Er kaufte für die Familie beim Metzger und im Lebensmittelladen ein, beschaffte Kleidung für uns. Dafür lieh er sich immer wieder Geld. Im Endeffekt waren Schulden von etwa 20.000.-DM entstanden, was zu damaliger Zeit eine immense Summe war. Durch die finanzielle Notlage kam es zwischen Mutter und Vater häufig zu Streitigkeiten.

Auch nahm Vater kein Blatt mehr vor den Mund und äußerte sich immer öfter in schlimmsten Kanonaden über seinen Hass auf Hitler und die Nazis in aller Öffentlichkeit.

Das sollte ihm sieben Jahre nach der Beendigung des Krieges und der Herrschaft des Nazi-Regimes großen Ärger einbringen. Ihm wurde als Vorwand Unterschlagung zur Last gelegt. Eine Strafanzeige, eine Vorladung bei Gericht und die Verhandlung ließen nicht lange auf sich warten. Mir ist bis heute nicht bekannt, wer es war, der ihn tatsächlich angezeigt hat. Ich vermute aber, dass es jemand war, der von meinem Vater wahrscheinlich unabsichtlich denunziert wurde. Zu dieser Zeit waren immer noch z.T. nicht erkannte und durch das erste Raster der Entnazifizierung gefallene Beamte und Richter an maßgeblicher Stelle. Mein Vater stand letztendlich einem Richter gegenüber, der ausgewiesener Nazi war. Das konnte natürlich nicht gut gehen! Er äußerte sich vollmundig zu den ihm zur Last gelegten Vorwürfen und versuchte zu retten, was zu retten war. Es kam im Gerichtssaal zu lauten, auch politischen Disputen, die darin gipfelten, dass mein Vater in Haft genommen wurde.

Eine Welt brach für ihn das zweite Mal zusammen.

Die angespannte Situation, die schon zwischen meinen Eltern herrschte, wurde immer schlimmer.

Schließlich trennte sich Mutter von Vater, wir Kinder litten sehr darunter. Sie allein konnte nicht die Miete für die Wohnung in Düsseldorf aufbringen und so zog sie mit uns wieder zurück nach Dieringhausen zu ihrer Schwester.

***

Oma bekam eine stattliche Pension durch den Beamtenstatus ihres Mannes in der Gehaltsstufe eines Postoberbeamten. Zu der Zeit, in der sich meine Eltern trennten, wohnte Sie noch in Dieringhausen und als Sie erfuhr, dass meine Mutter zu Ihrer Schwester gezogen war, beschloss sie, zusammen mit Mutter eine kleine schnuckelige Wohnung zu mieten. Mutter kümmerte sich dann um Oma Elsa. Großmutter wurde 97 Jahre alt. Bis zu ihrem Tod war sie eine überzeugte Anhängerin von Hitler und hat den Holocaust geleugnet.

Ich kann es nicht genau sagen, aber ich glaube Oma hat damals auch meine weitere Schulausbildung bezahlt. Ich wurde kurzerhand in ein Landschulheim in Meldorf in Dithmarschen geschickt, wo auch meine beiden Vettern Jörn und Tim ihren Schulabschluss machten. Meine Schwester blieb bei Mutter und Oma und ging dort weiter zur Schule.

Es waren schöne, aber auch ernüchternde eineinhalb Schuljahre auf der Mittelschule (Realschule), bis ich meine Mittlere Reife erwarb. Hier lernte ich auch „Pucki" kennen, sie war meine erste große Liebe. Sie ging aufs Gymnasium und stammte aus einer der reichsten Familien im Ort, einer Dithmarschener Weber- und Spinnerei. Wir trafen uns so oft es ging. In den Ferien fuhr ich nach Dieringhauen zu meiner Mutter, der ich während der Schulzeit lange Briefe geschickt hatte. Als ich nach den Sommerferien wieder in Meldorf ankam, stand meine „Pucki" am Bahnhof und holte mich ab. Sie war etwas verärgert, weil ich mich doch in den sechs Wochen nicht einmal gemeldet hatte. Ihre klare und aussagekräftige Ansage kam prompt in norddeutschem Dialekt: „Man müsste dich umbringen, unnerplögen und drupp schitten"! Das hat gesessen. Aber die Liebe blieb.

***

Die Leiterin des Landschulheimes war zu meiner Zeit „Schwester Clara", die ein hartes Regiment führte. Mein damaliges soziales Verhalten entsprach überhaupt nicht ihren Ansprüchen. Meine diversen Streiche, wie z.B. das Verteilen von Lebertran auf dem Boden, statt Ihn zu trinken, brachten dann das Fass zum Überlaufen. Sie informierte zuerst meinen damaligen Lehrer, einen gutmütigen Menschen namens Krause über meinen Rauswurf aus dem Heim. Mutter hatte vom Rauswurf erst später erfahren. Lehrer „Krause" hatte viele Verbindungen und besorgte mir indes ein Zimmer in einer Arztvilla. Der Aufenthalt in diesem Haus sollte sich für mich als erlösend und bahnbrechend erweisen. Ich hatte das große Glück, in einer musikbegeisterten Familie unterzukommen. Hier begann mein Anfang als Sänger vor dem Herrn im wahrsten Sinne des Wortes. Beide Söhne der Familie spielten mehrere Instrumente, hatten ein sogenanntes „absolutes Gehör", und über kurz oder lang fand ich mich im Kirchenchor wieder. Sie hatten schnell gemerkt, dass ich über eine Bassstimme verfügte, die das „tiefgestrichene –b" schaffte. Wir intonierten Kirchenlieder und Messen. Unter anderem wurde auf einem größeren Kirchenevent das Lied von Carl Orff: „Carmina Burana" von uns mit instrumentaler Begleitung gesungen. Die Bassstimmen wurden verhältnismäßig schnell eingeübt. Während sich vorne die Sopran- und Altstimmen an schwierigeren Partituren abmühten, gab es unter den Bässen leise Unterhaltung und Späßchen.

***

Telse Hein, ein echtes Holsteiner Mädchen, lernte ich dort in der Dorfschule kennen. Sie war süß, klein und zerbrechlich von ganz liebem Wesen. Ich mochte ihre Art sich zu bewegen und zu sprechen. Unsere Freundschaft hielt bis zum Abschluss der Schule. Auf dem anschließenden Abschlussball sah ich sie vorerst das letzte Mal.

Ich ging dann für einige Zeit wieder zu meiner Mutter nach Dieringhausen und half Ihr bei Einkäufen und diversen anderen Hausarbeiten so gut ich konnte. Mutter drängte mich, ich solle doch nach Düsseldorf zu meinem Vater gehen, der zu diesem Zeitpunkt die Haftanstalt wieder verlassen hatte. Mutter meinte, die Möglichkeiten für mein berufliches Vorankommen seien in Düsseldorf besser.

***

Mein Vater wohnte allein in einer Einzimmerwohnung. Er besorgte mir eine Unterkunft in einem Junggesellenwohnheim. Er sorgte sich sehr um meine Zukunft und erinnerte mich an meine zeichnerischen Fähigkeiten. Nach Rücksprache mit meiner alten Kunstlehrerin, Frau Holländer aus meiner Düsseldorfer Schulzeit, empfahl er mir, einen kreativen Beruf zu ergreifen, z.B. Glasmaler oder Grafiker. Grundlage sollte eine Lehre in einer Buchbinderei als Schriftsetzer sein. Im Verlag „Sankt Georg" versuchte ich mich an dem Setzkasten, diese Arbeit wurde im Stehen ausgeübt. Ich machte Erkenntnisse in der Druck- und Buchbinderei und ging zur Berufsschule. Der Herr des Hauses, mein Chef, verwies uns Lehrlinge abwechselnd in die Bleiküche. Hier wurden gebrauchte, untaugliche Bleisätze in großen Kesseln geschmolzen, was kein Vergnügen war. Aus heutiger Sicht ist es sehr gesundheitsschädlich, aber damals waren die arbeitsrechtli chen Sicherheitsvorschriften auch nicht so hoch. Freitagnachmittags stand das Waschen des Privatwagens des Chefs an. Das Reklamieren dieser Situation bei unserem Berufsvertreter brachte keine Änderung. Er hatte kein Interesse daran zu helfen und sagte nur: „Lehrjahre sind keine Herrenjahre." Damit meinte er, wir Lehrlinge hätten keinen Anspruch und kein Recht, unsere Arbeitssituation zu beanstanden. Da die Ausbeutung der Lehrlinge überhandnahm, strich ich die Segel und heuerte auf erneute Empfehlung meiner Zeichenlehrerin als Volontär bei einem bekannten Graphiker an. Hier kam ich schon näher ans Zeichnen und Malen. Ich musste einen Tagesbericht über getätigte Arbeiten vorlegen. Unter anderem wurden auch Pläne sowie Montagezeichnungen für Neonbeleuchtung angefertigt. Ich hatte die Lacher auf meiner Seite, musste ich doch einen Plexiglasbehälter und Aufsteller der Firma „o.b." polieren. Im Arbeitsbericht erschien meine Eintragung: „Eine Stunde o.b.-Kästchen poliert"!

Einen Urlaub verbrachte ich in Meldorf, um alte Erinnerungen nachzugehen. Ich hatte den Wunsch, einige Freunde und Bekannte wiederzusehen. Hier stand ich nun an einer Straßeneinmündung und überlegte, gehst du nach links zu „Pucki" oder nach rechts zu „Telse"? Intuitiv sagte mir mein Gefühl: „Geh doch mal zu Telse"! Ich hatte die richtige Wahl getroffen. Ihre Mutter machte mir die Haustür auf und bereitete mich auf unser Wiedersehen vor. Sie führte mich in die gute Wohnstube. Hier saß meine kleine Telse auf dem Sofa, konnte sich kaum bewegen und sah schlecht aus. Sie waren erst kürzlich aus dem warmen Italien heimgekehrt, es war Telses Wunsch, noch einmal dorthin zu fahren. Der Krebs hatte sie gezeichnet.

Telse

Wie ich später der Todesanzeige entnahm, die mir von der Familie per Post nach Düsseldorf zugeschickt wurde, war Telse aufgrund dieser fürchterlichen Krankheit kurze Zeit nach meinem Besuch verstorben. Ich musste mir einige Tränen verdrücken.

Musik liegt in der Luft

Es war die Zeit des erwachenden Jazz in Deutschland. Während dieser Zeit stieß ich zu einer Gospelsängergruppe, deren Leitung Lutz Nagel führte. Lutz war Bandleader und Benjoist der Jazzband „Die Featwarmers." Schnell erkannten sie mein Talent zum Singen, schätzten meinen tiefen Bass und nahmen mich in der Gruppe „Spirituell Studio Düsseldorf" auf. Das war mein Ding. Ich hatte genug Gesangs-Erfahrung durch meine Zeit in den Kirchenchören gemacht. Der Höhepunkt war ein Jazz-Wettbewerb im großen Robert-Schumannsaal, bei dem wir als Vokalgruppe einen Sonderpreis des Events von der Jury entgegennehmen durften. Sonst sangen wir hauptsächlich bei kirchlichen Veranstaltungen.
Aber es zog uns immer wieder in die allseits bekannte und das

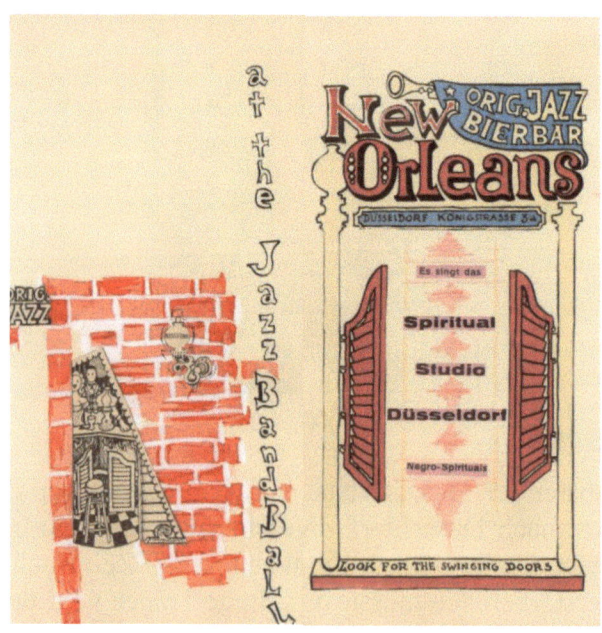

meist überlaufende „News Orleans", die sich in einer Nebenstraße der Düsseldorfer Königsallee befand. Der Innenbereich des Lokals wurde von „Flötchen" (Horst) Geldmacher ausgestattet. Flötchen war einer der ersten, der seine Blockflöte im Jazz einsetzte. Wir gingen in die Konzerte von Lionel Hampton, Kid Ory und von dem unvergessenen stilbildenden Stan Getz. Nach den Konzerten trafen wir uns meistens im privaten, selbstbemalten Jazzkeller.

Unsere selbst gestaltete Jazz-Bar

Hier wurde nicht nur gehottet, es gab auch die berühmt berüchtigte „20 Pfennig-Sparmusik", bei der im Laufe des Abends kräfteschonend, „Chiec to Chiec" also Wange an Wange getanzt wurde.

Die Arbeit bei dem Graphiker machte auf Dauer keinen Sinn, da die Bezahlung nur zögerlich bis gar nicht erfolgte. Ich schmiss das Handtuch, wohl auch in der eigenen Erkenntnis, dass mein Talent auf Dauer für den Beruf als Zeichner nicht ausreichen würde. Und schließlich war Düsseldorf mit seiner Kunstakademie und einer Kunstgewerbeschule die Hochburg von namhaften Künstlern (Beuys, Anatol Herzfeld, etc.) und somit überlaufen.

Was für einen Beruf soll ich ergreifen

Meine weitere Berufsausbildung stand im Vordergrund und mein Vater drängte mich, gemeinsam zu überlegen, was zu tun sei. In Anlehnung an den Beruf meines Onkels väterlicherseits, der Dentist in Pommernland war, stand natürlich auch der Beruf des Zahntechnikers zur Diskussion. Dieser Beruf hätte mir durchaus gelegen, im Hinblick auf meine Geschicklichkeit im Basteln, Werkeln, meinem Sinn für Ästhetik und mein Fingerspitzengefühl. Er kam vorerst in die engere Auswahl und wurde dann doch wieder verworfen. Letztendlich kamen für eine Bewerbung die Polizei oder für eine Offizierslaufbahn der neuentstehenden Bundeswehr, die sich 1956 in der Aufbauphase befand, in die engere Auswahl.

Ich setzte mich hin und füllte die Bewerbungsbögen für die Polizei und Bundeswehr aus.

Die Antwort der Polizei ließ nicht lange auf sich warten. Die Nachricht war positiv und ich bekam eine Einladung zu einem Eignungstest, dem ich mich Anfang 1957 unterziehen musste. Es folgte eine Prüfung und eine körperliche Untersuchung.

Nun begann das Warten.

Es machte derzeit keinen Sinn, in Düsseldorf zu bleiben, so ging ich nach Dieringhausen. Ich hatte einen Ferienjob in der Mühlenthaler Weberei und Spinnerei in der Lumpenabteilung (Trennung, Verbrennung, wieder Einsortierung) angenommen. Die Arbeit war zum Teil richtig ekelig.

Ein Besuch in der DDR

In dieser Zeit bekam ich und mein Vetter Knut, heute Rechtsanwalt in Stuttgart, eine Einladung nach Kröpelin bei Rostock. Hier praktizierte der Bruder meines Vaters, der im Osten geblieben war, als Zahnarzt. Er gehörte als studierter Mann und anerkannter Zahnarzt zur privilegierten Elite der DDR. Er hatte das Glück, nicht allzu lange auf seinen ersten bestellten Trabbi warten zu müssen. Viele Menschen in der DDR warteten damals auf ihr erstes Auto viele Jahre. Er nutzte seine elitäre Stellung und bestellte alsbald noch einen Wartburg, dieser Wagen bot mehr Luxus und Platz im Innenraum.

Sein Haus in Kröpelin bewohnte er mit seiner Frau, drei bildschönen Töchtern, einem Boxer und einem Pudel. Mit gemischten Gefühlen nahmen Knut und ich die Einladung an. Ich hatte noch keine feste Anstellung bei der Polizei und mein Vetter hatte noch nicht mit seinem Studium der Rechtswissenschaften begonnen. Beunruhigt durch die vielen Kontrollen und zum Teil auch Verhaftungen an der Deutsch-Deutschen Grenze durch die DDR, waren meine Eltern doch sehr in Sorge. Hatte ich bereits durch meine abgelegte Aufnahmeprüfung bei der Polizei Kontakt zu westdeutschen Behörden gehabt. Wir versprachen unseren Eltern, uns alsbald nach der Ankunft in der DDR per Postkarte zu melden. Aber wie sollten wir es ihnen unbemerkt verständlich machen, dass wir unbehelligt durchgelassen wurden? So gab es ein verabredetes Codewort für die Post: „Wir haben keine Rehe gesehen!" sollte „Alles in Ordnung!" bedeuten. Meine Mutter hat die Postkarte ohne Probleme oder Zensur erhalten.

Wir hatten eine schöne Zeit bei meinem Onkel. Es gab reichlich zu Essen und zu trinken. Die Stimmung war ausgezeichnet und unsere Cousinen tanzten oft ausgelassen mit uns. Am Strand von Kühlungsborn wurden wir mittels Lautsprecher durch politische Reden in deutscher und in russischer Sprache täglich berieselt.

Mein Vetter Knut und eine meiner Cousinen kamen sich näher. Sie siedelte später in den 60er Jahren nach Westdeutschland über und heiratete Knut. Leider hielt diese Verbindung nicht und wurde später getrennt.

Mein Onkel war stets bemüht, uns mit Ausflügen z.B. nach Rostock oder eine Fahrt zum Gedser Feuerschiff zu unterhalten. Abends nahm er uns mit in diverse Wirtschaften, wo wir reichlich von dem leckeren Pilsener Urquell tranken und manche Schnäpse genossen. Am nächsten Morgen saßen wir ein wenig bedüdelt im Strandkorb und bauten langsam unseren Blutalkoholgehalt ab. Die frische Ostsee, in die wir uns mit viel Vergnügen hineinstürzten, tat ihr Übriges. Mein Onkel hatte mitbekommen, dass mein Vetter und ich viel und gut sangen. Der Zufall wollte es, dass im Casino in Bad Kühlungsborn ein Gesangswettbewerb stattfand. Nichts Böses ahnend, bestellte er einen Tisch und meldete uns an.

Internationaler Abend im Casino

Ausgerechnet wir, die nur in englischer Sprache singen konnten. Uns war nicht ganz wohl, wir rechneten jeden Augenblick mit der

Verhaftung durch den KGB. Ich hatte mit meinem Vetter den Gospel „Go Tell It On The Mountains" einstudiert, sangen ihn

und bekamen den ersten Preis, eine Flasche „Krimsekt."

Damit nicht genug. Ich fasste danach Mut und sang diesmal solo mit leiser Kapellenunterstützung „Sixteen Tons." Ehemals gesungen von Ralf Bendix. Ein voller Erfolg! Eine Flasche ungarischer Rotwein war der Lohn. Wir hatten einen Mordsspaß, suchten später noch eine Bar namens „Bei Abu" auf und nahmen hier einen Absacker.

Eines Sonntags musste mein Onkel doch in die Praxis, um einer vor Schmerz jammernden alten Frau zu helfen. Kurzerhand nahm er uns beide mit, gab uns weiße Kittel, die wir anzogen und gab uns als seine Assistenten aus. Die Ärmste hatte nur noch einen Zahn vorne im Oberkiefer, der gezogen werden musste.

Mein Onkel: „Bitte reichen sie mir Pinzette, Spiegel, Spritze, Zange, Tupfer etc..." Wir waren die geborenen Zahnmedizinischen Helfer und hatten riesigen Spaß!

Die Tage vergingen schnell und der Abschied fiel uns in vielerlei Hinsicht schwer.

Würden wir uns wiedersehen?

Ein Beruf, der zu mir passt

Zwischenzeitlich hatte ich eine Zusage zur Ausbildung bei der Polizei erhalten. Der Einstellungs- bzw. Stichtag für den Herbstjahrgang war bereits vorbei, aber ich hatte die Hoffnung noch nicht aufgegeben.

Endlich!

Drei Tage später kam die Einberufung zum Dienst bei der Polizei NW. Nur dem Umstand, dass ein schon bereits eingestellter Anwärter im Lotto gewonnen hatte und die Segel strich, hatte ich es zu verdanken, dass ich noch meinen Dienst am 9.Oktober 1957 an der Polizeischule in Münster antreten konnte. Sonst hätte ich auf den Beginn des nächsten Semesters warten müssen.

Von damals 30 Mitbewerbern kamen drei Abiturienten und ich als Inhaber der mittleren Reife durch. Nur so viel sei gesagt, heute gibt es jährlich 8-9 Tausend Bewerber. Inzwischen werden jährlich ca. 1500 Abiturienten und junge Berufsanfänger mit Fachhochschulabschluss bei der Polizei nach sehr strengen Aufnahmekriterien angenommen. Bewerber mit anderen Schulabschlüssen haben leider keine Chance mehr. Jeder hat die Möglichkeit, seinen Bachelor und sogar seinen Master bei entsprechender Befähigung und Qualifikation für den höheren Dienst zu machen.

Hier in Münster gingen wir als Polizeischüler und Wachtmeister (Auf Widerruf) harten Zeiten entgegen. Wachtmeister auf Widerruf bedeutet, dass wir jederzeit ohne Angabe von Gründen hätten gekündigt werden können. In dem Fach Polizei- und Ordnungsrecht wurden wir von dem ehemaligen Major Fromm, der unter Rommel in Afrika kämpfte und auch oft Stories zum Besten gab, unterrichtet. Eine sympathische, charismatische Erscheinung. Wir mochten ihn. Er brachte es sogar fertig, dass er erwachsene Beamte, die Unfug trieben oder den Unterricht störten, für kurze Zeit in die Ecke stellte.

Der tägliche Unterricht umfasste Fächer wie Polizei- und Ordnungsrecht, Verkehrsrecht, Kriminalistik, Beamtenrecht und Staats- und Verfassungsrecht. Hinzu kam die Gewöhnung an verschiedene Waffen in Theorie und Praxis. Das einmal wöchentliche Wacheschieben stand auf dem Stundenplan. Es beinhaltete routinemäßige Rundgänge auf dem Gelände der Polizeischule und die Kontrolle aller Türen und Tore, ob diese auch wirklich verschlossen waren.

Sport war ein wichtiger Bestandteil im Lehrgang. Wir mussten alle einen Grundlehrgangsschein der DLRG (Deutschen-Lebens-Rettungs-Gesellschaft) machen. Dies war wichtig für eine eventuelle Bergung von verunglückten Menschen aus dem Wasser. Ebenso war der Besitz des Sportabzeichens eine Grundvoraussetzung für diesen Beruf. Zufällig trainierten in meinem Parallellehrgang so bekannte Leichtathleten wie Manfred Kinder, Olympiateilnehmer 1960 im 400m Lauf und Manfred Knickenberg, Deutscher Meister über 100 m. Knickenberg galt damals als schnellster Polizist Deutschlands. Schnell hatte man erkannt, dass ich nicht der Langsamste war und bekam die Chance mitzutrainieren und ich durfte auch in Staffeln Edelmetall erreichen. Ich wurde Landesmeister im Dreikampf und deutscher Polizeimeister in mehreren Staffeln.

***

Leider hat mein Vater meine ersten Schritte bei der Polizei nicht mehr miterleben können. Er wäre stolz auf seinen "kleinen Wodenur" gewesen. Vater verstarb an einem plötzlichen Herzinfarkt im Alter von 57 Jahren

***

In der Freizeit nutzten die Beamten oft die Möglichkeit zu Spaziergängen um den Aasee oder nahmen an den Wochenenden an Sportveranstaltungen teil.

Einige Jungs frönten immer dem Skatspielen und kamen nicht an die frische Luft. Aber auch das ein oder andere Bier in der bekannten Szene „Pinkus Müller", wo sich Studenten, Professoren, Lehrer und die gehobene Gesellschaft von Münster trafen, haben wir uns genehmigt. Oder wir haben uns im „Kiepenkerl" einen großen Krug Bier bestellt, der herumgereicht wurde. Altbier oder Altbiererdbeerbowle waren angesagt und wurden reichlich genossen.

***

Nach Beendigung des Grundlehrgangs stand eine neue Herausforderung auf dem ganzheitlichen Ausbildungsplan. Der theoretische Unterricht wurde in verstärkter Form fortgeführt. Ein weiteres Ziel war es, uns junge Wachtmeister an das öffentliche Leben heranzuführen und gleichzeitig bei vorgesehenen Veranstaltungen (Karnevalseinsätze, Demonstrationen, Schützen- und Volksfeste) einzusetzen. Wir sollten ein Gefühl für die Konfliktsituationen zwischen Polizeibeamten und der Bevölkerung bekommen. In diesem Zusammenhang musste ich wiederholt an meinen ersten Ausbilder im Münster denken. Er klärte uns über das allgemeine Verhältnis zwischen der Staatsgewalt, Polizei und den Menschen auf der Straße auf. Er sagte: "Meine Herren, denken sie immer daran, dass sie, wann immer sie auf ihren Gehaltszettel schauen, ein Großteil davon sicherlich auf ihrer verantwortungsvollen, dem Bürger dienenden Arbeit beruht. Gleichwohl basiert die andere Hälfte ihres Lohnes auf Beschimpfungen, Beleidigungen, Missachtungen ihrer Person und die Gewalt gegen Vollstreckungsbeamte.

Die Domstadt Köln wurde mein Revier

Ich wurde von der Bereitschaftspolizei Abteilung III in Wuppertal nach Köln versetzt.

Bevor ich ein Zimmer in Köln mieten konnte, wohnte ich mit anderen Kollegen im Hause der Einsatzreserve in der Bonner Straße. Weitere Dienststellen waren hier untergebracht, auch die von mir so geliebte Reiterstaffel, die Waffenwerkstatt, das Musikchor und die Hundestaffel.

Hier hatte ich meinen ersten Arbeitstag als Polizeiwachtmeister auf Probe im täglichen Streifendienst.

Eines Nachts bekam unser Streifenwagen den Einsatzbefehl, „Frau an Rufsäule bittet um Hilfe." Wir eilten hin und fanden eine in Tränen aufgelöste Frau im Nachthemd an der Säule. Sie sagte uns, Ihr Mann würde sie schlagen und ihr mit dem Tode drohen. Bei Aufsuchen der Wohnung kam uns ein gefasster, aber stark angetrunkener Mann entgegen. Wir wollten ihn vorübergehend in Gewahrsam nehmen, damit er seiner Frau keinen Schaden zufügen konnte. Mein Kollege und ich baten ihn, sich anzuziehen und mitzukommen. Er schien bereitwillig zu sein und bat noch einmal auf die Toilette gehen zu dürfen. Ein kleiner Raum etwa einen Quadratmeter groß, mit einem Klo und einem kleinen Fenster. Die Tür sollte dabei angelehnt werden, da man nie wissen konnte, wie Menschen in einer solchen Situation reagieren.

Er kam nicht wieder raus.

Als wir nachsahen, war die Toilette leer.

Er hatte sich in Windeseile durch das kleine Fenster gequetscht und war aus dem dritten Stock in die Tiefe gestürzt. Er war auf der Stelle tot. Wir setzten eine Meldung an die Zentrale ab und mussten warten bis die Kripo eintraf. Die Kollegen nahmen den Fall auf und befragten uns nach den Geschehnissen. Nachdem wir glaubhaft die Umstände ausführlich berichtet hatten, fuhren wir zur Wache und mussten nun den üblichen wichtigen Bericht über diesen so tragisch endenden Todesfall schreiben. Wir machten uns keine Vorwürfe, aber trotzdem war dieser Nachtdienst für uns gelaufen. Das war das erste Mal, dass wir mit Bauchschmerzen nach Hause fuhren.

***

Nach eineinhalb Jahren Früh-, Spät- und Nachtdienst im ständigen Wechsel stand der Lehrgang zur ersten Fachprüfung in Selm-Bork / Westfalen an. Hier traf ich meine Sportfreunde wieder. Wir lernten und trainierten bei Eis und Schnee. In diesem Jahr 1962 konnte ich meine Bestzeit bei einem 100m-Lauf auf 10,7 Sec. steigern. Das war ein neuer (im PSV-Polizeisportverein Köln) Vereinsrekord, den ich bis zum heutigen Tag halte.

***

Einige Jahre Berufserfahrung später wurde ich von der Dienststelle zur Kommissar-Ausbildung vorgeschlagen.
Die Aufnahmeprüfung begann mit Vorträgen, Unterrichtsproben, Formalausbildungen, 800m-Lauf und anschließend mit einer Diskussion über ein aktuelles polizeipraktisches Thema mit politischem Hintergrund. Zu der Zeit war mir das Schreiben lieber als das Reden. Ich war in der Diskussion zurückhaltend. Bis mir ein mir gutgesonnener oberer Polizeichef ein unmissverständliches Zeichen gab. Er schaute mich intensiv an und bewegte leicht, nach mohammedanischem Gebet, die offenen Handflächen gen Himmel, um mich so zur Beteiligung an den Gesprächen anzuregen. Es ergab sich bald die Gelegenheit, in die Diskussion einzugreifen, in dem ich ein problematisches Thema mit den lateinischen Worten „semper aliquid haeret" übersetzt „Etwas bleibt immer hängen" kommentierte. Mein großes Latinum hatte seine

Wirkung nicht verfehlt, und so hatte ich die Aufnahmeprüfung zur Zulassung zur Kommissar-Ausbildung bestanden. Erst viel später erfuhr ich, dass besagter Polizeichef noch zu Lebzeiten meines Vaters mit ihm dienstlich zu tun hatte.

Die Zulassung war schon die halbe Miete, dachte ich zumindest.

Neben dieser theoretischen Fortbildung stand im ersten Halbjahr der praktische Teil "Gruppenführer" und im zweiten Halbjahr der "Zugführer" an, beide von nicht zu unterschätzender Wichtigkeit. Dazu gehörten auch die Ausarbeitung und deren praktische Durchführung im ostwestfälischen Niemandsland.

Der Mann mochte mich nicht leiden

Die Ausbildung zum Zugführer stand unter keinem guten Stern.

Wir wurden von einem Oberkommissar derart in die Mangel genommen, dass wir manchmal der Verzweiflung nahe waren. Auch zu dieser Zeit trainierte ich mit Kollegen nach Feierabend auf der Laufbahn. Ich wurde in die Polizeimannschaft des Landes NRW abberufen, da ich im 100m-Lauf der 2.Schnellste war. Ich sollte mit meinen Mitstreitern in Stuttgart bei den deutschen Polizei-Meisterschaften teilnehmen. Ich wurde für die Wettkämpfe freigestellt und errang auch gleich eine goldene, sowie eine silberne Medaille mit unseren Staffeln. Dies gefiel meinem Lehrgangsleiter überhaupt nicht und das bekam ich am eigenen Leibe nach der Meisterschaft zu spüren.
Nach dem Motto:
„Sport ist Nebensache, Lehrgang ist wichtiger!"
Die Folge war ein ausgeprägtes Mobbing mit Verunsachlichungen und schlechten Beurteilungen meiner Vorträge.

Besuch mit folgen

Wie so oft besuchte ich an einem freien Wochenende meine Mutter in Dieringhauen. Von alten Freunden wurde ich zum anstehenden Tennisfest mit Preisverleihung eingeladen, anschließend wurde ordentlich getanzt. In einer Tanzpause nutzte ich die Gelegenheit, um kurz an die Theke zu gehen. Da standen in einer Gruppe junger Männer zwei Mädchen, die mir angenehm auffielen. Ich schaute näher zu einer der Dunkelhaarigen hin, unsere Blicke kreuzten sich und ich fasste kurzentschlossen die Gelegenheit und forderte sie zum Tanz auf. Sie meinte: „Endlich mal einer, der richtig tanzen kann!" Ich glaube, in diesem Moment habe ich mich bereits in Gudrun verliebt. Es blieb nicht bei dem einen Tanz. Da sie in Köln wohnte, verabredeten wir uns im Kaffee „Kramer" am Ring. Ich saß und saß und saß. Sie kam nicht. Bis ich voller Enttäuschung die Kellnerin fragte: „Gibt es noch ein zweites Kaffee Kramer"? Sie verneinte und ich zog sehr enttäuscht von dannen. Um wieder mit Gudrun Kontakt aufnehmen zu können, wandte ich mich an ihre Freundin, die damals auch in Köln lebte. Der Zufall wollte es, dass auch Gudrun bei ihr auftauchte. Die Lage war für mich etwas prekär, da Sie zu unserer Verabredung nicht erschienen war. Ich sprach sie darauf an, und sie erklärte mir, dass für Sie ein wichtiger Termin dazwischen gekommen war und sie leider keine Möglichkeit gehabt hatte, mir Bescheid zu geben.
Während des Gesprächs fühlten wir beide, dass diese Beziehung mehr als nur Freundschaft ist. Von nun an trafen wir uns häufiger und verliebten uns.

***

Sie wohnte mit ihrer Zwillingsschwester Ute in einer kleinen Dachgeschosswohnung in der Ritterstrasse in Köln. Ich war inzwischen eine kleine Wohnung in die Riehler Straße gezogen. Ute hatte sich zu diesem Zeitpunkt in einen Mann verliebt, der mit seiner großen Familie im damals idyllischen Dorf Herkenrath bei Bergisch Gladbach lebte. Sein Name war Werner. Er war gelernter Werkzeugmacher-Meister und zu diesem Zeitpunkt Inhaber einer Autowerkstatt zusammen mit einer gut laufenden Aral-Tankstelle, Die Tankstelle lag verkehrsgünstig an einer stark befahrenen Straße, die Richtung Köln führte. Nebenher als zweites Standbein betrieb Werner noch ein Autohaus, dass genau der Tankstelle gegenüber lag. Hier verkaufte er PKW's der Marken NSU; VW und später die Marke Audi. In den Anfängen unserer Bekanntschaft durfte ich das ein oder andere Modell auch schon einmal probefahren.

Dabei durfte ich auch mal das Model Prinz-NSU 100 testen. Es war damals frisch auf den Markt gekommen und hatte einen neu entwickelten luftgekühlten Wankel-Motor mit stattlichen 43 PS / 32 KW. Der Wagen erreichte immerhin eine Spitzengeschwindigkeit von 135km/h.

Die Wochenenden verbrachte Ute oft in Herkenrath bei Werner. Diese Gelegenheit der sturmfreien Bude ließ ich mir nicht nehmen und besuchte meine neue Liebe Gudrun, so oft es ging.

Die verschwundene Akte

An einem Freitagnachmittag kam ich vom Trainingsplatz und parkte meinen Oval Heck- VW- Käfer vor ihrer Tür in der Ritterstraße. Die Gegend war nicht die Beste und manches skurrile Subjekt trieb sich hier herum.

Meine Tasche voller nasser Trainingshemden ließ ich an jenem Tag unvorsichtigerweise im Wagen liegen. In der Tasche lag auch eine mir anvertraute Verkehrsunfallakte.

Ich war Augenzeuge eines Verkehrsunfalles bei einer Dienstfahrt mit einem Gruppenfahrzeug und sollte eine schriftliche Aussage meiner Beobachtungen machen.

Diese sollte ich bis Montag bei der Lehrgangsleitung abgeben. Als ich nach ca. zwei Stunden wieder nach Hause in meine Wohnung fahren wollte, musste ich feststellen, dass mein Auto vermutlich mit einem Drahthacken geknackt worden war. Meine Tasche samt Inhalt fehlte, melden konnte ich diesen Fall auch nicht, es wäre mir als grobe Fahrlässigkeit ausgelegt worden, solche Dokumente im Auto liegen zulassen. Ich sah schon meine Felle davon schwimmen und fürchtete die Konsequenzen.

War ein disziplinarisches Verfahren angesagt?

War die Lehrgangsteilnahme gefährdet?

Wenn ja, hätte ich meine Karriere bei der Polizei abschreiben können. Ein Wochenende voller Ungewissheit und Sorge war die Folge. Suche und Nachforschungen blieben leider ohne Erfolg.

Noch am gleichen Wochenende fertigte ich nochmals einen ausführlichen Bericht an, den ich am Montag einreichte. Es ist nicht aufgefallen, dass es eine Neuanfertigung war! Der Kelch ging also an mir vorüber, Glück gehabt!

Die Spannung baute sich bis zur mündlichen Prüfung auf, bei der ich jedoch mit meinem Wissen die Kommission überzeugen konnte. „Der Schnelle hat es geschafft", war die Aussage des höheren Leiters der Abteilung gegenüber den wartenden Kollegen. Dieser war Gottseidank in jungen Jahren selbst Sportler gewesen und hatte die Situation erkannt.

Es war eine anstrengende Zeit, aber wie sagt der alte Lateiner: „ad astra per aspera in vias"! (Über raue Wege zu den Sternen!) In meinem Fall zu dem ersten Stern des Polizeikommissars.

Der Lehrgangsleiter verstarb an seiner körperlichen Überforderung durch Alkohol, Rauchen etc. frühzeitig.

Der Lehrgang lief mir lange nach.

***

Nachdem der Bescheid über den bestandenen Zugführerlehrgang vorlag, musste der parallele Oberstufenlehrgang absolviert werden.

Die Qualifikation für die weitere Kommissar-Ausbildung war somit erfüllt und meine Abordnung nach Bochum wurde aufgehoben.

Es folgte die sogenannte "Informatorische Ausbildung", die mich wieder nach Köln zu meinem Standort brachte.

Der praktische Teil bestand aus einer Unterweisung im „mündlichen Befehle-Erteilen", eine informatorische Ausbildung auf verschiedenen Dienststellen. Da waren unter anderem die Hospitierung bei der Kripo, der Gerichtsmedizin, des Regierungspräsidenten, des Verkehrsdienstes und der Verwaltung allgemein. Zwischendurch wurden immer wieder Klausuren geschrieben, und wir mussten regelmäßig unsere geistigen Fähigkeiten in Vorträgen beweisen. Gehörten wir doch im weitesten Sinne später auch zu einem Lehrkörper, der jüngere Polizeivollzugsbeamte in und nach der Ausbildung unterweisen und ihnen mündlich Befehle erteilen mussten.

Auch diesen Teil der Gesamtausbildung konnte ich zur vollen Zufriedenheit und mit allen positiven Beurteilungen abschließen. Erst jetzt musste ich auf einen Studienplatz in Münster warten. Die zweite Fachprüfung war Voraussetzung für die Beförderung zum Polizeikommissar und dem Titel des Diplomverwaltungswirtes (Dipl.Verw.Wirt). Es war der entscheidende wichtige Lehrgang. Die an uns Lehrgangsteilnehmer gestellten Anforderungen waren schon sehr intensiv und in der Arbeit sehr zeitaufwendig.

Als ich in einer der wichtigen Klausur war, wurde ich aus dem Unterrichtsraum geholt. Mir wurde telefonisch der schlechte Gesundheitszustand von Gudrun, die in der Zwischenzeit meine Frau geworden war, mitgeteilt.

Unsere Geschichte erläutere ich in einem folgenden Kapitel.

Ich brach aufgrund dieser Nachricht die Klausur ab und informierte meinen Ausbilder über die derzeitige Situation. Es wurde mir einen Tag später nahegelegt, dass ein Ablegen des kurz bevorstehenden Examens unter diesen gegebenen Umständen aussichtslos erschien und ich später eine Wiederholung anstreben sollte.

Ein Jahr später bestand ich die Prüfung im zweiten Anlauf mit Bravur. Ich besaß die zweite Fachprüfung und wurde in feierlicher Zeremonie mit Urkunde zum Polizeikommissar ernannt.

Die weitere Urkunde zum Diplomverwaltungswirt wurde von externer Stelle zugestellt.

Um diese ganze Sache für mich zu verarbeiten, half mir wieder einmal der Sport aus meinen Grübeleien. Ich fuhr so oft es ging zu unserem Verein (PSV).Ich hatte mich entschlossen, den DLRG Leistungsschein und auch etwas später den DLRG-Ausbildungsschein zu machen. Nun hatte ich die fachliche Möglichkeit, den Kindern beim Erwerb des so wichtigen Freischwimmers (heute Seepferdchen) zu helfen.
Es gab mir ein gutes Gefühl zu sehen, wenn ein Kind diese Urkunde bekam.

Gudrun wurde meine Frau

Während der Zeit des Kennenlernens begleitete mich Gudrun oft zu vielen Wettkämpfen, und wir freuten uns gemeinsam über meine siegreichen Läufe.

Wir unternahmen viel miteinander in der knappen Freizeit, die ich hatte. Wir waren mit meinen VW Käfer unterwegs und vor einer auf Rot springenden Ampel kam mir die Idee, sie zu fragen, ob sie es sich vorstellen könne, meine Frau zu werden. Dies beantwortete Sie mit ja. Wir wurden durch lautes Hupen eines hinter uns stehenden PKWs aufmerksam, dass die Ampel wieder auf Grün gesprungen war. Im Jahr 1964 heirateten wir dann im Standesamt Dieringhausen.

Nun konnten wir endlich eine gemeinsame Wohnung beziehen. Voraussetzung für die Zuweisung einer Wohnung war, die von der Stadt Köln aus Fördermitteln gebaut worden waren, dass es sich um eine Familie handeln musste. Den erforderlichen Berechtigungsschein bekamen wir aufgrund des Trauscheins.

Wir zogen in eine 60 qm große Wohnung eines neu errichteten Mehrfamilienhauses in Köln-Dünnwald. Die Freude war groß, aber wir hatten bis dato nur leere Räume gehabt. Das Ersparte reichte nur für Küchenmöbel und diverse Kleinigkeiten. Kurz entschlossen verkaufte meine Frau ihren nicht so alten VW-Käfer. Der Erlös reichte für ein Teakholzschlafzimmer und ein „Chippendales" Wohnzimmer mit einem damals ansehnlichen Schrank. So waren wir fast schon komplett eingerichtet.

***

Während des Lehrgangs zum Kommissar wurde meine Frau schwanger und sie litt zunehmend an Erbrechen. Bei einem normalen Körpergewicht von 44 kg magerte sie bis auf 36 kg ab. Sie musste immer wieder in Krankenhäuser eingewiesen werden, um sie per Infusionen, sowie mit gut verdaulichen Süppchen am Leben zu erhalten. Die Krankheit nennt man „Kachexie", eine krankhafte, sehr starke Abmagerung mit einem schrittweisen Funktionsausfall der Organe. Es kam daraufhin zu einer Fehlgeburt. Eigentlich freuten wir uns auf ein Mädchen, welches „Birthe" heißen sollte. Es war eine schwierige Zeit für uns beide.

***

Nachdem Gudrun und ich geheiratet hatten entschlossen sich Gudruns Zwillingsschwester Ute und ihr Werner auch, im Jahr 1964 zu heiraten. Diese Feierlichkeiten fanden zusammen mit Werners großer Familie in Herkenrath statt.

***

Mein Schwager Werner hatte die Gewohnheit, nach Feierabend ein verdientes Glas Kölsch zu trinken. Wenn Gudrun und ich dort zu Besuch waren, schleppte Werner uns meist mit in die Kneipe Ballhäuschen. Es war eine gemütliche Gaststätte, die vorn einen Kneipenbereich hatte und hinten befand sich ein großer Saal mit hohen Decken. Wir tranken in gemütlicher Runde 2, 3 oder 4 Glas Kölsch und oftmals auch ein oder zwei Pinchen vom kräftigen Bergischen Korn.
Gudrun hielt sich mit dem Alkoholtrinken zurück und fuhr uns nach einem gemütlichen Abend heim nach Dünnwald.

***

Werner und ich verstanden uns gut. Wenn wir dort zu Besuch waren, schaute ich mich gern in seinem Autohaus um. Der neu auf den Markt gekommene Wagen NSU Prinz stand auch dort. Ich hatte ihn schon vor einiger Zeit einmal Probegefahren dürfen. Er gefiel mir sehr, sehr gut. Ich unterhielt mich oft mit Werner über dieses Auto und kam zu dem Entschluss, mir endlich einmal einen Neuwagen zu gönnen, waren es bis zu diesem Zeitpunkt nur Gebrauchtwagen, die ich fuhr. Gudrun und ich hatten schon im Vorfeld über die Farbe gesprochen und waren uns einig, dass es ein knallrotes Modell sein sollte.
Werner freute sich über diese Bestellung des NSU 1000 und machte mir auch einen akzeptablen Preis.

***

Einige Zeit später kam ich in den Genuss und durfte einen NSU Wankel-Spider probefahren. Es war ein schickes rotes 2-Sitzer Sport-Cabriolet mit 50 PS / 37 KW. Er wurde durch einen Einscheiben-Kreiskolbenmotor mit Wasserkühlung angetrieben, besaß ein Vierganggetriebe und sollte laut Hersteller immerhin schon eine Spitzengeschwindigkeit von 155 km/h erreichen. Für mich war dies ein unvergessliches Erlebnis.
Im Laufe der Jahre wurde ich zu einem guten Kunden meines Schwagers.

Anekdötchen aus der Kölner-Dienstzeit

Es war während der Dienstzeit bei der Kölner Verkehrspolizei. Der tägliche Streifendienst wurde sowohl mit PKW wie auch mit Motorädern durchgeführt. Der VW Käfer in verschiedenen Ausführungen war das meistverwendete Polizeifahrzeug in den 60 und 70-iger Jahren, unter anderem auch für den Streifendienst. Diese Fahrzeuge hatten als Sonderausstattung Blaulicht, Martinshorn, Außenlautsprecher und Funk. Die Farbgebung vor 1970 war Tannengrün und änderte sich dann in minzegrün-weiß. Für die Motoradstreife wurde häufig eine weiße 500-er BMW mit Boxer-Motor genutzt.

Der von mir zu überwachende Teil, den ich an diesem Tag mit der BMW Streife fahren sollte, lag außerhalb der Innenstadt. Auf meinem Plan stand der östliche Bezirk, der an die Stadtgrenze von Bergisch Gladbach grenzt. Es war nicht viel los auf den Straßen, und so fasste ich den Entschluss, die liebe Verwandschaft in Herkenrath mit einem Kurzbesuch zu überraschen. Es war mir bewusst, dass dies absolut gegen jeglichen dienstlichen Befahl war und im schlimmsten Fall ich mir ein Disziplinarverfahren hätte einhandeln können.

Ute und Werner waren erstaunt, dass ich bei ihnen plötzlich in Uniform vor der Türe stand.

Ute fragte ganz entsetzt, ob etwas passiert sei und ich antwortete nur „Nein alles gut". Sie bat mich herein und machte mir eine Tasse Kaffee und kredenzte sogar ein Stück frischen Erdbeerkuchen. Wir unterhielten uns einige Minuten und dann musste ich auch schon wieder los in mein Revier um meinen Streifendienst fortzusetzen. Später fuhr ich wieder zu meiner Dienststelle und hatte das anfängliche mulmige Gefühl – erwischt zu werden – hinter mir gelassen.

Alles war gut gegangen.

***

Nur ungern erinnere ich mich an eine Weiberfastnachsfeier in Herkenrath. Gudrun und ich fuhren zu Ute und ihrem Mann und feierten den Tag an dem die Frauen die Regentschaft im Karneval übernehmen, im ortsansässigen Lokal „Ballhäuschen". Bier und Schnaps flossen in Strömen. Nach sehr kurzer Nachtruhe musste ich am Freitagmorgen in Köln zum Dienst nach Vorschrift antreten. Gudrun stand mit mir gegen sechs auf und kochte mir einen starken Kaffee zur Aufmunterung, dann fuhr ich mit meinem PKW vorsichtig zur Dienststelle. Ich hatte auf dem Weg dorthin sämtliche Fenster geöffnet, um den Restalkohol oder wie man in Fachkreisen sagt, die Postresorptivephase, so schnell wie möglich aus dem Körper zu bekommen. Ich kam unversehrt und unbehelligt in Köln an und konnte meinen Dienst um sieben Uhr antreten. Auf dem Dienstplan stand Streifefahren in einem Kölner Außenbezirk an. Mein Streifenführer, selbst ein großer Karnevalist, kannte solche Situationen nur zu gut. Er fuhr den Wagen, merkte auch, dass ich am Tag zu vor heftig gefeiert hatte und es mir an Schlaf mangelte. Er lenkte das Fahrzeugt durch verschiedene Straßen und parkte ihn in einer schwer einsehbaren Seitenstraße. Wir beide machten dort Pause und holten den versäumten Schlaf nach. Nach circa einer Stunde ging es weiter mit Streife fahren. Dies wäre in der heutigen Zeit ein undenkbarer Vorgang.
So war Karneval in den 60-iger Jahren in Köln.

Dienstlicher Umzug nach Düsseldorf

Da ich am Anfang meiner Laufbahn auf mehreren Dienststellen und durch meinen Sport bekannt war wie ein bunter Hund, zog ich es vor, nach Düsseldorf versetzt zu werden. Ich hatte die Befürchtung, dass meine Kölner Kollegen eine Bevorzugung meinerseits aufgrund meiner sportlichen Erfolge annehmen würden und wollte Konflikten einfach aus dem Weg gehen.
In Düsseldorf wurden vier andere Kollegen und ich vom zuständigen Personalleiter auf die unterschiedlichsten Dienststellen im Stadtgebiet verteilt. Bei einer leisen Andeutung des Leitenden, ich könne bei der Kriminalpolizei im Wechsel mit der Schutzpolizei Dienst verrichten, schlug ich sofort zu.

Ich wurde ins Polizeipräsidium versetzt und versah meinen Dienst im Wechsel mit einem Kriminalkommissar.
Der Dienst war allerdings nicht gerade gesundheitsfördernd. Drei Tage Nachtdienst, einen Tag frei, vier Tage Spätdienst, zwei Tage frei und vier Tage Frühdienst usw., usw. Dazu kamen Einsätze bei Fußballspielen, Karneval und allen Events größeren Ausmaßes. Unsere Gruppe hieß ZSK (Zentrales Sonderkommando) und bestand aus 10 bis 15 Beamten. Meist war diese Gruppe nachts auf den Straßen oder in den dunkelsten Ecken von Düsseldorf im Einsatz. Jede noch so verdächtige Person wurde überprüft. Wenn es sein musste auch zur Wache überführt und bei Strafbarkeit angezeigt.
Ich erinnere mich, wie wir nach langen Recherchen eine uns, – durch einen V-Mann bekannt gewordene Falschspielerbande – ausheben konnten. Der Einsatz musste gut und Top Secret vorbereitet werden. Hierzu wurden mehrere Vorbesprechungen abgehalten, Örtlichkeiten tagelang observiert und Durchführungspläne für die an dem Einsatz beteiligten Kriminalbeamten erarbeitet.
Der Tag X kam. Der Zugriff sollte nachts erfolgen. Wie immer

war der Einsatz professionell ausgearbeitet worden und wir waren unseres Erfolges sicher. Spannung lag in der Luft. Die Spielhölle befand sich in der Düsseldorfer Innenstadt. Bedingt durch die extrem unübersichtliche Lage mussten wir besonders vorsichtig vorgehen. Ein harmloser Spaziergänger, – ein Kriminalbeamter natürlich, – hatte die Aufgabe, den nicht ganz vertrauenserweckenden und bärenstarken Türsteher außer Gefecht zu setzen. Für die Warnung seiner Komplizen stand dieser mit einem Funkgerät im Türrahmen. Im Vorbeigehen entriss ihm der Kollege das Gerät, damit er keine Warnung an seine Kumpanen abgeben konnte.

Einsatzbeginn: 23.30 Uhr
Teil eins der Mission war gelungen. Meine Wenigkeit als sportlich Durchtrainierter wurde dazu eingeteilt, über eine Leiter auf einen Balkon im Hinterhof zu steigen und das Geschehen in der Spielhölle zu beobachten. Alles war ruhig. Man spielte an einem überdimensionalen Tisch, an dem rundherum Männer saßen. Riesige Bündel Scheine und Karten lagen vor ihnen. Mit meinem Funkgerät konnte ich die Situation an die Beamten, die sich bereits im Treppenhaus befanden, weitergeben.

Teil zwei war also auch soweit gelungen, so dass der nächste entscheidende Schritt eingeleitet werden konnte. Die Wohnungstür wurde mit einer Brechstange gewaltsam aufgebrochen. Die Überraschung schien ins Leere gegangen zu sein. Vor den Beamten tat sich eine raumfüllende Leichtbauwand auf. Schnell wurde diese beseitigt und unsere Beamten stürmten den versteckten Raum. Wir riefen „Hände hoch"! und im Nu waren die Männer unter Androhung von Waffengewalt umzingelt, auf Gegenwehr waren wir eingestellt. Unsere Kriminalbeamten sollten nach dem Hochnehmen der Bande die Karten, Geldscheine und weitere verdächtige Utensilien, die auf dem Tisch lagen, fotografieren und dokumentieren. Weitere belastende Beweismittel konnten wir später bei einer vorgeschriebenen körperlichen Durchsuchung sicherstellen.

Der Einsatz war ein voller Erfolg. Die Überprüfung der einzelnen Personen ergab, dass insgesamt drei Personen per Haftbefehl gesucht wurden. Bei den körperlichen Durchsuchungen wurden eine Pistole, Haschisch, Schlagringe und dergleichen sichergestellt und später nach Verbringung ins Polizeipräsidium zur Anzeige gebracht. Alle Festgenommenen wurden erkennungsdienstlich registriert, fotografiert und es wurden Fingerabdrücke genommen. Einige konnten einen festen Wohnsitz nachweisen, es bestand also keine Fluchtgefahr. Diese Männer konnten bis zur Gerichtsverhandlung auf freien Fuß gesetzt werden.
Einsatzende!

Es war in den frühen Morgenstunden des nächsten Tages, gegen 08.00 Uhr, als wir die letzten Anzeigen und Berichte fertiggestellt hatten. Die an dem Einsatz beteiligten Beamten konnten gerade noch an der täglichen Frühbesprechung teilnehmen und von ihrem Erfolg berichten.

Endlich konnte dann die Heimfahrt angetreten werden.

Langenfeld eine Wohnzwischenstation

Die Fahrten zum Dienst und zurück wurden immer aufwendiger und zeitraubender. Eines Tages sprach mich Theo an. Er war ein Nachbar, der bei uns im Mehrfamilienhaus in Dünnwald wohnte. Er war bei der Firma Ford beschäftigt und trug sich lange mit dem Gedanken herum, ein Haus zu bauen. Bei einem lockeren Bier während der Übertragung eines Fußballspiels im Fernsehen damals spielte Dortmund gegen eine englische Mannschaft im Europacup sprachen wir unter anderem über das Thema „Bauen." Er konnte mich von dem Plan ein Häuschen zu bauen, schnell überzeugen und hatte tatsächlich auch schon einen Grundstücksplan von Dabringhausen in der Tasche. Er sagte: „Sieh dir mal diese Grundstückkarte an." Die darauf geplanten Häuser sollten in den nächsten zwei Jahren gebaut werden. Und so sollte es mich bei einem durchaus akzeptablen Grundstückpreis von 27,- DM je Quadratmeter nach Dabringhausen ziehen. Ich entschloss mich schnell und ergatterte eine Parzelle mit einer fantastischen Lage. Oberhalb der Köhnenmühle, in der sich damals schon das bekannte Speiselokal „Pfannkuchen-Haus" befand. Der Blick ging weit ins wunderschöne Bergische Land.

Lange Rede, kurzer Sinn. Ich stellte einen Antrag auf Versetzung beim Ministerium, für den Rhein-Wupper-Kreis, der im Jahr 1975 der damaligen Gebietsreform angepasst wurde und seit der Zeit zum Rheinisch-Bergischen-Kreis gehört.

Dem Gesuch wurde, man höre und staune, kurzfristig stattgegeben. Es war nicht unbedingt üblich, dass dies so schnell ging. Der Zufall traf sich gut, da eine offene Planstelle als stellvertretender Stationsleiter in Langenfeld frei geworden war. Als ich mich zum Dienstantritt bei der Station vorstellte, traf ich einen „altgedienten Offizier" namens Erwin, der jetzt Polizeihauptkommissar war.

Mir wurde mein eigenes Büro zugewiesen. Den Kollegen des Wach- und Wechseldienstes und des Innendienstes musste ich in einer angesetzten Dienstbesprechung meinen bisherigen dienstlichen Werdegang herunterbeten. Während die jüngeren Kollegen mich wohlwollend in Augenschein nahmen, meinte ich zu erkennen, dass die altgedienten Hasen mich mit Skepsis und vielleicht auch mit ein wenig Argwohn musterten. Der Tagesdienst kam mir sehr gelegen, da ich nach Dienstschluss entweder im Verein meine Trainingsläufe absolvieren konnte oder zu meiner inzwischen begonnenen Hausbaustelle eilen konnte, um tatkräftig mitzuhelfen.

***

Von unserer Wohnung, die wir inzwischen in Langenfeld vorübergehend gemietet hatten, waren es bis zur Dienststelle 800 Meter. Dabringhausen, oder wie ich es gern formuliere: „Da bringt sie hin, da lasst sie hausen!", konnte ich nach halbstündiger Fahrzeit mit dem PKW erreichen.

Mein Dienst auf der Station beschränkte sich nicht nur auf Unterschriftenmappen sichten und Berichte schreiben, sondern hatte vielfältige Aufgaben, z.B. das sofortige Aufsuchen eines Verkehrsunfallortes, um die Kollegen zu unterstützen und ggfs. erste Maßnahmen anzuordnen.

In dieser Zeit bis zu meinem Wechsel zur Führungsstelle bzw. Stab in Opladen verging selten ein Tag ohne besondere Vorkommnisse. Ich erlebte Gasexplosionen, Brände, Rohrbrüche, Eigentumsdelikte, etc.

Ich wurde eines Abends spät verständigt, dass ein schwerer Unfall auf der B8 in Langenfeld geschehen war. Beim Aufsuchen der Unfallstelle bot sich mir ein grausiger Anblick. Beim Zusammenprall mit einem anderen PKW wurde eine junge Frau, damals gab es noch nicht die zwingende Anschnallpflicht seitlich aus ihrem VW geschleudert. Sie kam gerade vom Schwimmen. Sie war mit dem Kopf auf der Straßendecke aufgeprallt. Die Rettungskräfte, die schon vor Ort waren, konnten nur noch Ihren Tod feststellen, sie wurde in einen Transportsarg gelegt. Die Wucht des Aufschlages war so gewaltig, dass dem armen Mädchen die komplette Schädeldecke abgeplatzt war. In dieser kalten Nacht dampfte Ihr Hirn aus der noch nicht verschlossenen Zinkwanne. Das ist mir lange nachgelaufen.

An einem anderen Tag hatte ein Junge sich am hinteren Ende eines LKWs auf seinem Fahrrad sitzend festgehalten, um sich mitziehen zu lassen. Er stürzte, kam unter die schweren Räder und starb.

Unfälle mit Kindern haben uns alle schmerzlich berührt. Es gab damals noch nicht die Seelsorgerische Betreuung für die Beamten wie sie heute stattfindet. Jeder musste damals allein oder mithilfe der Kollegen oder Familie damit fertig werden.

Ein entspannter Teil meines Aufgabebereiches war die Abnahme von Baustelleneinrichtungen zusammen mit einem Vertreter des Straßenverkehrsamtes sowie der örtlichen Gemeindeverwaltung vorzunehmen. Aber bei einem dieser Anlässe ließ es sich der Chef nicht nehmen, selber mitzukommen. Er pflegte nach fertiger Abnahme die Gesellschaft mit einer Tasse Kaffee und einem, oder zwei, vielleicht auch drei „Mariakron" zu versorgen. Ich war natürlich zur Fahrt zurück zur Dienststelle eingeteilt worden. Eines Tages war mein Chef alleine zur Baustelle gefahren. Wie es der Teufel wollte, rief der höchste Polizeichef an und verlangte meinen unmittelbaren Vorgesetzten. Ich sagte: „Nein, Herr K. ist auf einer Baustelle, Herr Rat"!
„Seit gestern bitte Herr Oberrat, Herr Kollege!" schallte es durchs Telefon.
Das waren Zeiten…

Umgehend erschien er von Opladen kommend auf unserer Wache und stauchte den Stationsleiter zusammen, der Gottseidank zwischenzeitlich von der Baustelle wieder zurückgekommen war. Ich wurde verpflichtet, künftig ein noch schärferes Auge auf meinen Chef zu werfen.

Schützenfeste mit Vogelschießstand von den Sankt- Sebastianer- Schützenbruderschaften in Langenfeld waren ein jährliches Event. Die feuchtfröhlichen Vorbesprechungen mit den Vereinsoberen fanden schon mal in einer ansehnlichen Kellerbar statt. Nicht nur das lebhafte und trinkfeste Publikum des Festes, sondern nach getaner Arbeit auch der eine oder andere Beamte, konnten sich des anschließenden Umtrunks nicht erwehren. Böse Zungen behaupteten, dass vor meiner Zeit der allseits beliebte und trinkfeste Stationsleiter wohl doch zu tief ins Glas geschaut und sich nicht mehr ganz unter Kontrolle hatte. Unter tatkräftiger Hilfe der Schützenbrüder soll der gute Mann in einer Schubkarre nach Hause gefahren worden sein. Ein Gerücht? Den Wahrheitsgehalt konnte ich nicht mehr feststellen.

Nach und nach baute sich zwischen der Bevölkerung und mir ein solides Vertrauensverhältnis auf und ich war ein gern gesehener und korrekter Polizeibeamter, der auch schon einmal Gnade vor Recht ergehen ließ. Ich bin einfach auf den Menschen zugegangen und habe in manchen Fällen mit sachlicher Kritik Pluspunkte gesammelt.

Bei tragischen Geschehnissen habe ich stets gefühlsorientiert, bzw. beruhigende und tröstende Worte gefunden und mich in die Lage der geschädigten oder verletzten Personen versetzt.

Zugunglück Dahlerau

Es gab im Laufe der Dienstzeiten illustre wie auch tragische Unfälle und manche Tragödien verfolgen einen bis ins Alter. Es fällt mir schwer, ein so tragisches und weitreichendes Unglück in meiner Geschichte niederzuschreiben. Aber diese Nacht im Mai 1971 kann ich nicht vergessen und gedenke noch heute in tiefstem Mitgefühl an die Opfer und Hinterbliebenen des Eisenbahnunglücks von Dahlerau, in der Nähe von Radevormwald. Der Unglücksort befand sich im Polizeistationsbereich Radevormwald, der dienstlich und gebietsmäßig zum damaligen Rhein–Wupper–Kreis gehörte.

Als diensthabender O.v.D. (Oberbeamter vom Dienst) bekam ich abends nach 21:12 Uhr einen Anruf der Polizeistation Radevormwald, dass sich ein schweres Zugunglück auf einer eingleisigen Eisenbahnstrecke zwischen Wuppertal und Radevormwald ereignet hatte. Man berichtete von mehreren Toten und Verletzten. Ich war geschockt und erahnte die Tragweite dieses Unglücks. Hierauf verständigte ich meinen damaligen Polizeidirektor „G" und berichtete ihm.

Doch Unfassbares geschah.

Er erwiderte doch tatsächlich, ob es nötig sei, dass er auf der Wache in Radevormwald erscheinen müsse. Zu der Zeit wohnte er in der Nähe von Düsseldorf. Ich weiß bis heute noch nicht, was diesen Mann geritten hat. War es der späte Abend oder die lange Anfahrt ins Bergische Land?

Ich fuhr nach Radevormwald, dort herrschte totales Chaos. Alle verfügbaren Beamten des um 22:00 Uhr beginnenden Nachtdienstes wurden verständigt und zur sofortigen Unterstützung beordert. Sogar Polizeidirektor „G" ist trotz seines Protestes an der Unfallstelle erschienen.

Die Telefone standen nicht still.

Der Unfall ereignete sich in einer unübersichtlichen Kurve,

eineinhalb Kilometer von Dahlerau entfernt. Ein Güterzug und ein Schienenbus waren kollidiert. Die Feuerwehr und einige Beamten der Polizei befanden sich schon an der Unfallstelle. Rettungsfahrzeuge aus dem Radevormwalder Stadtzentrum sowie aus den umliegenden Städten Wuppertal, Remscheid und Solingen kamen zu Hilfe, um bei der Versorgung der Verletzten zu helfen.

Unter den 71 Fahrgästen des Schienenbusses waren 62 Schüler der Geschwister Scholl Schule, die von einer Klassenfahrt zurückkehrten .Am Unfallort spielten sich erschütternde Szenen ab. Viele Eltern hatten ihre Kinder am Bahnhof zurückerwartet und eilten, nachdem sie vom Unglück gehört hatten, zur Unfallstelle. Sie mussten zusehen, wie ihre toten Kinder aus den Trümmern geborgen wurden.
Es war ein bedrückendes Gefühl als LKWs – beladen mit Särgen - durch die Stadt fuhren.
40 Kinder und fünf Erwachsene starben in dem Schienenbus, der durch die Wucht des Aufpralls auf ein Drittel seiner Länge zusammengedrückt wurde. Ein weiterer Schüler erlag später seinen Verletzungen im Krankenhaus.

Die Ermittlungen zur Unfallursache dauerten länger als ein Jahr und konnten nicht hinreichend geklärt werden. 10.000 Menschen kamen zur Beerdigung am 2.Juni, unter ihnen auch der damalige Bundeskanzler Willi Brand sowie der Verkehrsminister und der Bundesratspräsident. Beileidsbekundungen und Trauerkränze kamen nicht nur aus ganz Deutschland, sondern auch aus Frankreich und England.

München 1972

Während der bevorstehenden Fertigstellung meines Hauses kam vom Innenministerium die Anordnung zu einem Dienst der besonderen Art.

„Olympia 1972 in München" ruft!

Für die Polizisten im Olympischen Dorf wurden extra vom französischen Stardesigner André Courrèges himmelblaue Uniformen entworfen, die wir trugen. Verdiente Polizeisportler (Landes bzw. Deutsche-Meister) wurden benannt, um den Ablauf der Spiele zu gewährleisten.

Wochen vor Beginn der Wettkämpfe wurden die Einsatzkräfte in Schulungen und Seminaren auf das Ereignis vorbereitet. Als Lehrkräfte fungierten Psychologen und erfahrene Polizeiführer im Hinblick auf mögliche Zwischenfälle wie Bomben-Terror-Anschläge. Ein immer wiederkehrendes Thema war das Verhalten bei Panik. Da mein Sachgebiet das Kraftfahrwesen beinhaltete, wurde ich als Transportführer für die Beförderung der Beamten in mehreren Bussen nach München eingeteilt. Wir kamen in amerikanischen Kasernen unter und wurden mit Pendelbussen ins Stadion gebracht. Die Einteilung bzw. Aufteilung der Kräfte erfolgte vor Ort im Stadion. Mein Bereich war die gegenüberliegende Seite der Haupttribüne, die von dem bekannten 400 m-läufer Manfred Kinder (Olympiade Rom 1960) betreut wurde. Schon während der Eröffnungsfeierlichkeiten wurden wir über Funk auf eine Bombendrohung hingewiesen. Die neuralgischen möglichen Anschlagziele waren in erster Linie die Pylone, die das kunstvolle geschwungene Kunststoffdach trug. Hier wäre ein Anschlag eine Katastrophe gewesen. Bis dahin waren es schöne, spannende Wettkampftage, die auch für die deutsche Mannschaft Goldsegen brachte. Unmittelbar vor meinem Bereich befand sich die Weitsprunganlage der Athleten. Der Trainer von Heide Rosendahl (später: Ecker-Rosendahl) – Gerd Osenberg – bat mich, ihn am unteren Rand der Zuschauerreihen in Position gehenzulassen, um von dort aus Heide zu coachen. Ich kannte ihn aus alten Leverkusener Zeiten und erlaubte ihm dies natürlich. Heide gewann den Weitsprungwettbewerb und die Goldmedaille für Deutschland. Es waren bis zum 5.September 1972 „bunte", heitere und fröhliche Spiele. Doch der Terror schlug zu. Als Sportler verkleidet kletterten palästinensische Terroristen (genannt „schwarze September") über einen unbewachten Zaun des Olympischen Dorfes und nahmen ganz gezielt israelische Sportler, Trainer und Betreuer als Geiseln, die später sogar getötet wurden.

Die bis zu diesem Zeitpunkt gute Stimmung schlug um in Trauer, Wut, Entsetzen, von niedergeschlagen-ohnmächtig bis deprimiert.

Die Frage war, Abbrechen oder die Spiele fortsetzen?

Die Spiele wurden für einen Tag unterbrochen.

Am 6. September wurde im Olympiastadion eine Gedenkstunde abgehalten.

Der Beginn dieser Veranstaltung begann mit einem Trauermarsch aus „Eroica" von Ludwig von Beethoven. Im Anschluss folgten Ansprachen, unter anderen von Avery Brundage, dem Präsidenten des Internationalen olympischen Komitees. Er prägte folgenden legendären Satz bei der Trauerfeier im Stadion: „the games must go on."

Ein Sommermärchen von fröhlichen Spielen hatte Schaden genommen.

Zusätzliche Freizeitbeschäftigungen

In meiner Freizeit war ich überwiegend mit Arbeiten an unserem Haus beschäftigt. Die Planung und Ausführung der Gebäude übernahm ein Architekt aus München. Er hatte den Zuschlag für die neuentstehenden Gebäude erhalten, so war auch ich leider an ihn gebunden. Er ließ sich von Zeit zu Zeit auf den Baustellen blicken, hat aber nie seine Bauaufsicht ausreichend wahrgenommen. Seine bayerische Herkunft stellte sich spätestens bei der Wahrnehmung seiner alkoholisierten Atemluft heraus. Es war ein Dauerzustand, der mich als Staatsdiener in Uniform in einen ungewohnten Gewissenskonflikt brachte.

***

Zu dieser Zeit wurde gerade die der Polizeistation gegenüberliegende Kirche renoviert. Große Berge von Schutt und Gerümpel lagen abseits der Kirche. Unter anderem wurden die Bodenfliesen rausgerissen. Da die Kirche meiner Schätzung nach im letzten Jahrhundert erbaut wurde, hatten sie wunderschöne Muster und Merkmale des Historismus. Ich war begeistert! Mein erster Gedanke war, diese Fliesen in mein Haus, vielleicht in der Kellerbar, einzubauen. Bevor ich mich jedoch an den Abtransport machte, bat ich ordnungshalber die verantwortlichen der Kirche um Genehmigung. Herr Pastor war einverstanden, die Fliesen gegen eine angemessene Spende abzugeben. Jetzt saß ich nach Feierabend in einer unbeleuchteten, kalten Kirche und klopfte den Speis und Mörtel von den Fliesen ab. Sie landeten tatsächlich später als schöne Dekoration an der Theke meiner Kellerbar. Die Renovierungsarbeiten an der Kirche gingen weiter und eines Tages traute ich meinen Augen nicht. Da lagen zwei aus Eiche gefertigte und mit schweren Eisenbeschlägen verzierte Portaltüren der Kirche auf den Schuttbergen. Ich ging also noch mal zu Herrn

Pastor und fragte nach, ob ich die Türe haben könnte. Auch hier erhielt ich gegen eine kleine Spende die Genehmigung zum Abtransport und konnte diese antiken Kostbarkeiten später in meinem Haus einbauen.

***

Ich half den Bauarbeitern in meiner Freizeit so gut ich konnte. Ich schleppte die schweren 30er Hohlblocksteine, mischte Beton an und half an der Verschalung der Decken und Wände mit. Das war eine andere anstrengende Belastung und Beanspruchung für meine Muskulatur, die sich bald rächen sollte. Ich bekam wiederkehrende Rückenschmerzen die sich immer weiter steigerten. Ich versuchte mit regelmäßigem Lauftraining, um die Solinger Sengbachtalsperre einiges wieder ins Lot zu bringen. Ich wollte doch an den jährlich anstehenden Polizei-Landesmeisterschaften der Leichtathletik teilnehmen. Dieser Dreikampf bestand aus einem 100m Lauf, Kugelstoßen und Weitsprung. Ich hatte es geschafft und nahm an diesen Spielen teil. Nach Beendigung des Weitsprungs bekam ich wieder Rückenschmerzen. Der Sieg als Landesmeister dieses Wettkampfes machte mich glücklich. Die Rückenschmerzen blieben und wurden unerträglich. Ich musste einen Arzt aufsuchen, der mir einen Bandscheibenvorfall diagnostizierte. Er wurde zunächst mit Spritzen behandelt, aber leider ohne dauerhafte Linderung der Schmerzen. Es kam wie es kommen musste: Der Prolaps musste in einer Solinger Klinik operativ entfernt werden, danach war ich wieder fit wie ein Turnschuh, mit einer Einschränkung. Den von mir so geliebten Dreikampf durfte ich nicht weiter machen. Ich drehte allein meine Runden um die Sengbachtalsperre. Dabei traf ich per Zufall eines Tages auf eine Laufgruppe aus Witzhelden, der ich mich anschloss. Wir liefen nun gemeinsam zwei Mal wöchentlich den Rundweg von 13 km um die Talsperre.

***

Bei unsrem Hausbau konnte ich auch wieder moderat tätig werden.

Der Rohbau schritt zügig voran und nun kam das Dach als nächstes Gewerk zur Ausführung.

Den Auftrag für das Dach sollte unbedingt ein örtlicher Dachdeckerbetrieb bekommen. Man wusste ja nie, welche Form von Stürmen einem mal um die Nase wehen würde. Und so empfahl man mir eine ortsansässige Firma. Der Chef dieser Firma kam persönlich, machte das Aufmaß und nahm den Auftrag dankend an. Bei seiner Arbeit kamen wir recht bald ins Privatgespräch und stellten zwei Gemeinsamkeiten fest.

Wir waren im selben Jahr geboren und nannten uns von Anfang an beim Vornamen. Bernhard erzählte mir von seiner Passion für die Jagd. Er wollte bald den Jagdschein machen.

In mir wurden die Erinnerungen wach an Opa, Eberhard, meinen verstorbenen Bruder und meinen Vater. Waren sie doch alle drei passionierte Jäger gewesen. Diese Veranlagung hatte ich wahrscheinlich geerbt. Trotz meiner zeitlichen Begrenzung durch den Bau unseres Hauses beschloss ich, mich seinem Vorhaben anzuschließen.

Das grüne Abitur

Ich meldete mich für die Jägerprüfung beim Rheinisch-Bergischen-Kreis an.

Nach einiger Zeit bekam ich meine Anmeldebestätigung sowie eine Auflistung der Fächer, die im Lehrplan vorgesehen waren. Diese lauteten wie folgt:

Waffenkunde,
Munition,
Optik,
Wildtierkunde (Haar-und Federwild),
Jagdhundewesen,
Jagdrecht,
Waffenrecht,
Naturschutz,
Land- und Waldbau,
jagdliche Praxis und jagdliches Brauchtum.

Diese Fächer sollten jeweils an ein bis zwei Abenden pro Woche und an den Wochenenden durchgeführt werden. Für mich hieß es also wieder für die Dauer von ca. sechs Monaten die Schulbank zu drücken. In diesem Fall tat ich es aber gerne.

Dazu kamen noch Seminare, Schießtermine und Ausbildungsjagd. Die theoretische Ausbildung fand einmal wöchentlich in der Gaststätte Haus-Diepenthal, einem Naherholungsgebiet in Leverkusen statt. Für die Schießübungen, Schießen mit Kugel- und Schrotgewehren mussten wir nach Breckerfeld auf einen Schießstand oder in die Leverkusener Kalkstraße fahren, wo sich ebenfalls ein Schießstand befand.

So manches Bierchen wurde nach den Lehrgangsabenden zusammen mit den anderen Kursteilnehmern hinter die Binde gekippt. Die bevorstehenden Prüfungen sollten bei vielen einige

Schlafstörungen verursachen, deshalb mussten wir uns immer gegenseitig Mut zu sprechen und prosten. Wir alle wussten, dass es eine hohe Durchfallquote gab. So hieß es also immer üben, üben, üben.

Gerade recht zum Aufgang (Anfang) der Rehbockjagd am 16. Mai war die Prüfung angesetzt worden.

Die Schießprüfung fand in Breckerfeld statt. Das Kugelschießen mit der schweren Büchse war meine Parade-Disziplin. Ich nahm auf dem Schießstuhl Platz und ging in Stellung, wie der Fachmann sagt „sitzend aufgelegt." Nachdem ich dreimal kräftig durchgeatmet hatte, brach der erste Schuss und mein alter Freund, den wir alle nur Opa Marter nannten und Mitglied des Prüfungsgremiums war, meinte: „Mein lieber Herr, sie verpesten mit ihrer Luft den ganzen Schießstand!" Da hatte ich wohl sehr, sehr laut durchgeatmet, mir war es nur in diesem Moment gar nicht aufgefallen. Die Lacher waren auf meiner Seite.

Fünf mal 50 Ringe ins Schwarze und 6 Tontauben von 10 auf dem Trappstand (Tontaubenstand) reichten zum Bestehen der Schiessprüfung.

Am Tag der theoretischen Prüfung wurde ich in den Saal der Gaststätte gerufen, um Rede und Antwort zu stehen. Ich wurde aufgerufen und betrat den Prüfungsraum. Nach einer Begrüßung ging es sofort los mit dem Thema Waffen- Kunde.

Es tauchten Fragen auf wie z.B.:

„Wie heißt das Schlosssystem für Kipplaufwaffen, das ohne Sicherung gefahrlos geladen werden kann, erst kurz vor dem Schuss gespannt wird und schnell und sicher wieder entspannt werden kann?

Die richtige Antwort darauf musste lauten: „Handspanner-System."

Den Prüfern war nicht verborgen geblieben, dass ich bei der

Polizei beschäftigt und einen regen Umgang mit Waffen verschiedenster Art gewohnt war. Nachdem ich bei den Waffenfragen über das geforderte Maß hinaus ganz spezielle Details zum Besten gab, die noch nicht mal in einem unserer Lehrbücher standen, war das Thema Waffen erledigt.

Es folgte die Wildkunde unter anderem mit Fragen wie: „Welche Enten sind besonders geschützt?" Hier kam von mir prompt die Antwort: „Eider-Brand- und Kolbenente."

Es kamen noch einige Fragen zu anderem Federwild und Haarwild, sowie auch zu unseren lieben Jagdbegleitern, den Hunden. Alle Fragen konnte ich zur Zufriedenheit der Prüfer beantworten und bestand die Prüfung zur Erlangung des Jahresjagdscheines.

Die bestandene Prüfung wurde in grünem Ornat ausgiebig gefeiert. Man sprach davon, dass Sekt und das Bier in Strömen geflossen seien. Naja, so schlimm war es dann doch nicht.

Umsetzung zum Stab

Es war die Zeit der Bader-Meinhof-Bande, die in Deutschland ihr Unwesen trieb. Bombenanschläge, die Entführung und Tötung von Persönlichkeiten der Wirtschaft und der Politik verbreiteten Angst und Schrecken in der deutschen Regierung und Bevölkerung. In diesen Tagen der Unsicherheit wurden seitens aller Behörden Maßnahmen ergriffen. Um der Lage Herr zu werden, wurden das SEK- (Sondereinsatzkommandos) Gruppen ins Leben gerufen.
Die Aufstellung einer solchen Gruppe erforderte viel Mühen und Aufwendungen.

Der für mich entscheidende Anruf kam von unserem Polizeichef. Hallo Herr:…Wie sie sicher schon aus der Presse erfahren haben, baut das Land NRW in den größeren Behörden sogenannte SEK`s (Sondereinsatzkommandos) auf. Wie mir zu Ohren gekommen ist, sind Sie doch seit einiger Zeit im Besitz eines Jagdscheines. Sie kennen sich doch bestens mit Waffen aus. Ich denke da an Sie als Leiter und Ausbilder des Kommandos. Damit wäre gleichzeitig eine sofortige Versetzung zum Stab als Sachgebietsleiter für Waffen und Geräte verbunden. Ich nehme an, sie stimmen der neuen Aufgabe zu?"
Ich sagte: "Ich nehme natürlich das Angebot an und danke für das Vertrauen Herr Oberrat."
"Dann machen wir das so und sie melden sich nach Erledigung ihrer Vorgänge bei der Station in den nächsten Tagen beim Stab."

Ich trat also meinen Dienst beim Stab an und übernahm das Sachgebiet Technik in leitender Funktion. In der Folge wurde ich zur weiteren Verwendung nach Opladen versetzt, wo sich unsere Leitung/Stab befand. Dieses Sachgebiet beinhaltete nicht nur Waffen, Geräte und Schießausbildung, sondern auch das gesamte interne Kfz-Wesen und die Kommunikationsbereiche. Zur Ausbildung der Beamten allgemein und insbesondere der SEK-Schützen befand ich mich überwiegend auf unterschiedlichen Schießständen.

Ich musste zusätzlich noch einen separaten Lehrgang für Technik und Verkehr an der Polizeischule absolvieren.

Danach übernahm ich beim Polizeipräsidium in Leverkusen die Aufgabe der technischen Leitung, sozusagen als Dezernent. Man übertrug mir den Posten des Beauftragten für Eigensicherung und des Beauftragten für Strahlenschutz. Außerdem nahm ich an einem Lehrgang für Schießlehrer teil. Die Unterweisung umfasste die Ausbildung und Weitergabe an die Beamten an der Pistole P9S (Heckler & Koch), der Maschinenpistole MP5 und das Maschinengewehr G3 mit Zielfernrohr. So verging die Zeit, in der ich praktisch von Dienststelle zu Dienstelle, zur Kfz-Abteilung und zu den Schießständen pendelte.

Ich kann nicht behaupten, dass ich mich langweilte oder mich auf meinem Beamtensitz ausgeruht hätte. Meine Umtriebigkeit wurde aber auch planmäßig mit der Beförderung zum Oberkommissar und später zum Hauptkommissar belohnt. In einer von meinem Vorgesetzten erstellten Beurteilung stand unter anderem wörtlich: „hat Haus in Dabringhausen." Ich habe bis heute nicht verstanden, warum das in der Beurteilung erwähnt wurde und glaube nicht, dass so etwas da hinein gehört.

Bedingt durch die 1975 durchgeführte Gebietsreform wurde der Stab in Opladen letzten Endes wieder aufgelöst und die Beamten auf die einzelnen Stationen verteilt.

Tante Gudrun und Onkel Dietmar

Gudrun und ihre eineiige Zwillingsschwester Ute hatten immer ein sehr, sehr inniges Verhältnis. Es verging kaum ein Tag an dem die beiden nicht mit einander sprachen.

Ute und Gudrun

Meine Frau erzählte mir eines Tages voller Freude, dass Ute schwanger sei. Sie freute sich natürlich für Sie und bedauerte gleichzeitig aber, dass sie keine Kinder mehr wegen ihrer Krankheit bekommen dürfe. Ute bekam ihren ersten Sohn Dirk. Meine Frau und ich hatten Ute und Werner natürlich angeboten, ihnen zur Seite zu stehen, wenn sie Hilfe brauchten. Es war für mich ein wunderschönes Gefühl, diesen kleinen Menschen im Arm zu halten, ihm meine Liebe und ganze Aufmerksamkeit schenken zu dürfen. Gudrun fuhr oft nach Herkenrath wenn ich Dienst hatte und half ihrer Schwester bei den täglichen Arbeiten im Autohaus und im Haushalt. Der Kleine war mittlerweile knapp zwei Jahre alt und Ute war mit ihrem zweiten Kind schwanger. Der zweite Sohn Kai erblickte das Licht der Welt. Die Freude für uns war sehr groß.

Einzug in Dabringhausen

Unser Haus in Dabringhausen war inzwischen fertiggestellt und
wir konnten einziehen. Der von mir gut organisierte Umzug lief
problemlos. Die Möbelpacker wurden von Gudrun angewiesen,
das Mobiliar in die passenden Räume zu stellen. Das Chippendale
Sofa passte vorzüglich in das Wohnzimmer. In der modernen
Einbauküche zauberte Gudrun leckere Gerichte für uns beide.
Das Auspacken der Kartons ging gut von der Hand und war
schnell erledigt. Die Außenanlagen um unser Haus herum ließen
wir von einem Gärtner anlegen. Es hatte alles seinen Platz und
wir waren glücklich und zufrieden.

Mein erster Rehbock

Meinen ersten Rehbock schoss ich in Niederbayern auf Vermittlung eines Bekannten. Meine Frau hatte sich mit der Jagd ein wenig auseinandergesetzt und befürwortete es, dass ich auf Reh-Bock Jagd ging. Wir fuhren nach Eging in eine kleine Pension, die von Loni betrieben wurde. Dort wurden wir herzlich empfangen und der Revierpächter zeigte mir die Plätze, wo sich Rehböcke im Augenblick aufhalten könnten. Die Zeit war knapp, ich hatte nur 5 Tage für einen Abschuss eingeplant. Ich begab mich jeweils morgens und abends, bevor die Dämmerung begann, auf meinen Hochsitz und habe auf den passenden Bock gewartet. Am vorletzten Tag vor unserer Abreise hatte ich am 17. Juni um 19:30Uhr meinen ersten Bock erlegt. Es war der Geburtstag meines lieben Neffen Kai.

Ich stieg von meinem Ansitz hinunter und besorgte mir zwei Eichenzweige als Bruch. Einen der beiden Zweige steckte ich dem Bock in den Äser, auch letzter Bissen genannt und den anderen benetzte ich mit Blut aus der Schusswunde und steckte diesen als sogenannten Schützenbruch an meinen Hut. Anschließend brach ich das Tier auf und entfernte das Gedärm und legte die Eingeweide an den Waldrand als willkommene Mahlzeit für den Fuchs. Den so ausgeweideten Bock trug ich zu meinem Wagen und fuhr selig in unsere Unterkunft. Das Hallo war groß, alle Anwesenden gratulierten mir herzlich, es war klar, dass dieses Ereignis gefeiert wurde.

Die Wirtin Loni bereitete am letzten Abend vor unserer Abreise ein leckeres Menü aus der Reh-Leber des von mir erlegten Bockes zu. Es war eine Delikatesse.

Ein Schmuckstück verborgen im Keller

Meine jährliche Bock-Jagd führte mich eines Tages zu einem Jagdpächter, der gleichzeitig auch der Jäger dieses Reviers war. Josef machte mir das Angebot, einen Rehbock in seinem Revier erlegen zu dürfen. Er zeigte mir am späten Nachmittag einen Hochsitz, in dessen Umfeld sich der Bock befinden sollte. Vor meinen Augen tat sich eine herrliche Waldwiese auf, die das Rehwild als Äsungsfläche nutzte. Mein Blick fiel auf den vorhandenen Hochsitz, und ich musste feststellen, dass dieser Hochsitz total mit Ästen zugewachsen war. Am nächsten Morgen begab ich mich mit einer Säge und einer Baumschere wieder dorthin und schnitt alles Geäst, was mir die Sicht versperrte, ab. Ich verweilte noch einige Minuten auf dem Ansitz und genoss die Vormittagsstimmung. Es war zwar kein Wild zu sehen, dennoch war die Stimmung heimelig. Die Sonnenstrahlen, die durch die Bäume fielen, brachten eine einzigartige Stimmung zwischen Licht und Schatten. Das Rauschen der Blätter klang wie sanfte Musik in meinen Ohren. Ich verließ diesen Ort wieder und freute mich auf den abendlichen Ansitz .Es dauerte einige Tage, bis mir das Jagdglück hold war. Ich schaffte den erlegten Bock zu Josef. Wir tranken, wie es im bayrischen so üblich ist, erst das „Holbe" (Glas Bier) und dann wurde der Bock in der Kühlkammer, die Josef besaß, aufgehangen. Im Vorbeigehen auf dem Weg zur Kühlkammer hatten meine wachen Augen eine Kommode entdeckt, die von seltener Schönheit war. Für mich war mit einem Blick klar: Biedermeierkommode, Kirschholz, schöne Beschläge mit drei Schubläden. So ein Schmuckstück stand hier im Keller. Mein erster Gedanke war: Die muss ich haben, wie auch immer. Ich fragte Josef und er meinte nur: „Das Stück verkaufe ich nicht! Kein Geld der Welt reicht dafür!" Ich blieb hartnäckig und versuchte es auf andere Weise. Nach langem Hin und Her einigten wir uns auf ein Tauschgeschäft. Ich besorgte ihm ein neues Zielfernrohr für seinen Repetierer und ich bekam die Kommode dafür. Ich freute mich, dass dieser Tausch so gut abgelaufen war. Es gab für mich nur noch das Problem, wie ich sie nach Hause bekäme. Ich überlegte eine Weile und dann kam die Idee, das gute Stück auf dem Autodach festzumachen. Gesagt, getan. So fuhr ich glücklich heimwärts.

In mühsamer Kleinstarbeit habe ich diese Kommode restauriert und heute steht dieses Schmuckstück, mit feinster Schellackpolitur versehen, in meinem Wohnzimmer und erfreut mich jeden Tag aufs Neue.

Ein Jäger ohne Hund

Ich fuhr nach Niederbayern und nahm meinen Jagdkollegen Wilfried in meinem PKW die rund 620 km bis zu dem Ort Eging am See mit.

Dort wohnte ich mit Wilfried wieder in der kleinen Pension bei Loni, die uns liebevoll versorgte. Mit dem Herrn des Hauses – einem Schreinermeister – hatte ich mich schon länger angefreundet. Bei unseren vielen Gesprächen genehmigten wir uns auch schon mal mittags oder auch abends „a Holbe" (einen halben Liter Bayrisches Bier). Auf den mir zugedachten Reh-Bock musste ich einige Tage warten. Es wurde mir vom Revierförster genauesten beschrieben, wo dieses Tier aus dem Wald heraustritt um zu äsen. Also ging ich morgens und abends ca. eine Stunde vor Eintritt der Dämmerung auf Ansitz. Den anvisierten Bock sah ich bereits am zweiten Abend und konnte ihn strecken. Das Jagderlebnis war einmalig, das Tier wurde nach weidmännischer Art mit einem Bruch versehen und von mir zum Revierförster gebracht. Hier haben wir dann das Tier gleich ausgeweidet, dann fuhr ich zurück zu meiner Unterkunft. Die Gastwirtsleute richteten eine kleine interne Feier mit Bier und Schmankerln aus. Am darauffolgenden Tag fuhr ich nochmals zum Revierförster, um den Rehbock aus der Decke zu schlagen, das Fleisch wollte der Förster behalten und ich bekam das Geweih als Trophäe. Ich trat glücklich und zufrieden die Heimreise an. Während dieser Fahrt gingen mir viele Gedanken durch den Kopf. Mir wurde klar, zu einem guten Jäger gehört auch ein Hund.

„Jagen ohne Hund ist eine Schund" sagt ein altes Jägersprichwort.

Die Familie bekommt Zuwachs

In Dabringhausen angekommen, unterbreitete ich meiner Frau Gudrun die schon lang gehegte Idee, einen Jagdhund anzuschaffen. Sie fühlte sich zwar zuerst etwas überrumpelt, war aber dann nicht abgeneigt. Ich überlegte nun, welche jagdtaugliche Rasse in Frage käme. Ich entschied mich für einen Deutsch-Drahthaar. Ich habe in der hiesigen Jägerschaft nachgefragt, ob jemand einen Züchter dieser Rasse kannte und diesen auch empfehlen würde. Ich bekam eine Adresse von einem guten Züchter.

Dieser Züchter wohnte in Ulbering/Niederbayern. Ich nahm mit ihm Kontakt auf und fragte, ob er Hundewelpen zu verkaufen hätte. Er antwortete mir, dass er zurzeit noch einen Wurf zum Verkauf hätte, und so konnte ich gleich einen Termin mit Ihm für eine Besichtigung ausmachen. Meine Frau und ich fuhren in der darauffolgenden Woche nach Ulbering. Beim Züchter angekommen, wurden wir herzlich empfangen. Der gute Mann machte mich eindringlich darauf aufmerksam, dass diese Hunderasse jagdtauglich geführt werden sollte. Er meinte damit, dass das Tier die Möglichkeit haben sollte, seiner jagdlichen Veranlagung folgen zu dürfen. Das konnte ich guten Gewissens mit Ja beantworten und durfte mir dann den Wurf anschauen. Die Welpen waren acht Wochen alt. Putzmunter spielten und rauften sie miteinander. Ein kleines sehr aufgewecktes Kerlchen fiel mir direkt ins Auge: „Der soll es sein!" sagte ich dem Züchter.
Es war Liebe auf den ersten Blick.
„Enno" sollte mein Hund heißen, mit vollem Namen
„Enno vom Lahnerwald".
Der Anfangsbuchstabe „E" war gleichbedeutend mit dem fünften Wurf der Mutterhündin. Ein kleiner Rüde mit den treuesten Augen der Welt. Er hatte ein gefälliges Gebäude (Körperbau-Statur) und einen schönen Bart um die Schnauze, braunschimmel

gefärbtes Fell mit einer schönen Zeichnung. Über den Kaufpreis wurden wir uns schnell einig und so sollte „Enno" mit nach Dabringhausen kommen und sein Hundeleben bei uns verbringen. Enno lebte sich schnell bei uns ein. Er wurde umsorgt wie ein Kind, gehegt und gepflegt. Wie alle Hund hat auch er so manchen Schuh zerbissen. Gudrun und ich gingen regelmäßig mit ihm vor die Tür und ließen ihn in den Garten, so dass er schnell lernte, seine Geschäfte draußen zu machen. Bald bekam Enno eine Hundehütte bei uns im Garten, die er auch sehr gut annahm und nutzte. Enno wuchs und gedieh prächtig, doch dass es ein kurzes Hundeleben sein würde, konnte ich nicht ahnen.

Es war der Zeitpunkt gekommen, ihn jagdtauglich auszubilden. Bei einem ausgewiesenen Hundetrainer und Jäger ging ich mit Enno in die Lehre. Die Grundbegriffe wie Sitz, Platz und das Führen an der Leine ohne ziehen wurden einstudiert. Ich nahm ihn zur Jagd mit und übte all diese Befehle regelmäßig. Des Weiteren stand Fährtenlesen auf dem Plan. Hierfür wurden mit Hasenfell umwickelte Holzstück, das an einer Leine festgemacht war, auf einer großen Weidefläche im Zick-Zack-Kurs durch das Gras gezogen. Erst wurden kleinere, dann immer größere Strecken gezogen. Dies machte der Ausbilder meist schon vorab, ohne dass Enno wissen konnte, wo die Spur verlief. Enno und ich begaben uns mit einer Schleppleine an den Anfang der Spur. Von mir kam der Befahl: "Such." Enno nahm die Fährte auf, ich ließ die Leine lang und folgte ihm. Er suchte, anfangs noch mit kleinen Fehlern und verlor ab und an die Spur. Doch er wurde immer besser. Zur Belohnung bei Fund gab es ein dickes Lob, und Enno war glücklich.

Wir alle wissen, dass Hunde einen super Geruchssinn haben, der sehr gut trainierbar ist. Einige Hunde verfügen über 220 Millionen oder mehr Geruchsrezeptoren, im Vergleich zum Menschen mit mickrigen 5 Millionen. Auch die Schussfestigkeit musste gelernt werden. Der Hundetrainer gab mit seiner Flinte Schüsse ab und Enno durfte nicht schreckhaft reagieren, das klappte soweit ganz gut.

Der Termin für die ersten praxisbezogenen Prüfungen stand an. Enno wurde in Rommerskirchen (nahe Köln) angemeldet. Hier fanden wir ideale Voraussetzungen vor. Riesige Rübenfelder in denen Hase, Fuchs und Fasan Deckung fanden. Sie eigneten sich bestens für das Suchen mit der Nase. Folgende Prüfungskriterien wurden als erstes überprüft:

Die korrekte Ausführung der Befehle Sitz, Halt, bei Fuß und Schussfestigkeit. Bei der Prüfung Schussfestigkeit darf der Proband konkret nicht den Schwanz einziehen und panisch werden oder gar das Weite suchen. Weiter ging es anschließend mit der Fährtensuche. Enno war nun mit der Nase zwischen den Rüben und stand plötzlich vor einem Hasen, der sich in einer Ackerfurche aufhielt, in einer sogenannten Sasse. Er winkelte das vordere rechte Bein an, stand unbeweglich auf der Stelle. Es war nur eine kleine Bewegung von Enno und der Hase machte sich auf und davon. Ich konnte Ihn nicht halten, sein Jagdtrieb war immens. Enno war auf der Spur und kam aber leicht enttäuscht nach ein paar hundert Metern wieder zu seinem Herrchen zurück.

Der Hase hatte die Jagd gewonnen.

Die restlichen Prüfungsfächer absolvierte Enno mit Bravur. Und so hatte er die erste wichtige Prüfung in seinem Jagdhundeleben, die „Jugendsuche" bestanden. Hund und Herrchen waren überglücklich, ist sie doch der erste Schritt für eine optimale jagdliche Laufbahn.

Der nächste große Schritt auf dem Weg zum brauchbaren Jagdhund war die weiterführende Ausbildung in Feld und Wasser mit dem Ziel der Herbstzuchtprüfung (HZP).

Wichtige Fächer waren: Nase, Suche, Vorstehen, Führigkeit, Arbeitsfreude, Stöbern mit Ente und die Art des Jagens, Waidlaut, Sichtlaut und Spurlaut.

Auch diese Prüfung bestand Enno als einer der Besten.

***

Eines Nachmittags besuchten Gudrun und ich Ute und ihre Familie in Herkenrath. Enno nahmen wir natürlich im Wagen mit. Ich hatte für ihn ein Trenngitter in unseren Renault-R4 eingebaut. So hatte er im Heckbereich genügend Platz, war aber dennoch ausreichend gesichert. Die Kinder von Ute – Kai und Dirk – freuten sich immer, wenn wir Enno mitbrachten und sie mit ihm im Garten spielen konnten.

Utes Mann Werner machte an diesem Abend um halb sieben Feierabend. Werner fragte mich, ob ich ihn zu einem Feierabendbierchen in die Kneipe bei „Margot" begleiten wolle. Es war seine Stammlokalität. „Warum nicht." dachte ich und nahm Enno an der Leine mit.

Beim Betreten der Wirtschaft staunten wir nicht schlecht. Die Theke war rappelvoll mit Feierabendlern und leider war kein Platz mehr frei. Aus unserem ursprünglichen Plan, ein genüssliches Bierchen an der ach so gemütlichen Theke zu trinken, wurde nichts.

Uns blieb nichts anderes übrig als am nächsten Tisch Platz zu nehmen. Auch Enno machte auf mein Kommando, gehorsam wie er schon war, unter unserem Tisch artig Platz und gab Ruhe. Bier war nicht so nach seinem Hundegeschmack. Wir saßen in gemütlicher Runde, plauderten über Gott und die Welt.

Die Pendeltür der Kneipe öffnete sich und herein trat ein netter Mann in ganz normaler Kleidung. Enno hatte alles im Auge und beobachtete sehr genau was geschah. Nachdem der Mann die Leute mit einem herzlichen Hallo begrüßte, und beim Wirt ein Bier bestellen wollte, stürmte Enno unter dem Tisch hervor. Ich hatte die Leine von Enno einfach neben ihm abgelegt, weil ich dachte, dass er ruhig auf seinem Platz liegen bleiben würde. Stattdessen lief mein Hund auf den Mann zu – ich konnte gerade noch die Leine aufheben und ihn festhalten – als er den Mann taxierte und ihn lauthals mit drohender Gebärde verbellte. Im ersten Moment waren Werner und ich leicht geschockt, so hatte ich meinen Hund noch nicht erlebt. Ich rief ihn sofort zurück. In der Gaststätte brachen indes die Gäste in schallendes Gelächter aus.

Einer der Gäste erzählte uns dann, dass der neu eingetretene Gast der ortsansässige Briefträger war.

Werner und ich mussten amüsiert schmunzeln, Enno hatte wieder einmal sein tolles Näschen und sein Feingefühl für besondere Situationen unter Beweis gestellt.

Es war der Witz des Abends.

Ich bin mir sicher, er hatte nichts Böses im Schilde!

Jupp ein Förderer junger Jäger

Jupp – ein bekannter Landschaftsarchitekt und Rehwildkenner – hatte ein ca. 300 ha großes Jagdrevier hier im Bergischen Land.

Er förderte uns Jungjäger, lud uns zu seinen Jagden ein und prägte uns in der Wahrnehmung und Bedeutung des jagdlichen Wesens. Hierbei spielte das jagdliche Brauchtum eine wesentliche Rolle. Er sprach unter anderem das Legen einer Strecke an. Es sei darauf zu achten, dass das erlegte Wild am Ende einer Treibjagd auf der Strecke in einer bestimmten Reihenfolge gelegt wird, wie z.B. bei einer Hochwildjagd in der Reihenfolge Rotwild, Damwild und Schwarzwild und bei einer Niederwildjagd wäre die Reihenfolge Rehwild, Füchse, Hasen, Kaninchen und Fasanen. Für Jupp war es selbstverständlich, uns mitzuteilen, dass ein Jäger, der an das aufgereihte gestreckte Wild herantritt, seinen Hut abnimmt und das Geschehene an sich vorüber ziehen lässt. Dies sollte jeder Jäger beherzigen, denn es geht nicht nur um den reinen Jagderfolg, sondern auch um die Tatsache, dass mit jedem Schuss ein Leben ausgelöscht wurde.

Wir waren eine Truppe von fünf bis sechs Jägern, die sich einmal monatlich zum abendlichen Ansitz trafen. Anschließend beim gemütlich Beisammensein wurde gegessen und auch getrunken und allerlei Jägerlatein und Witziges erzählt Es wurde – wie so häufig – ein langer Abend mit diversen alkoholischen Getränken in Form von Bier, Jägermeister und zum Schluss noch einen Pharisäer (Kaffee/Cognac) obendrauf. Der Morgen danach war stets ein gebrauchter Tag, es dauerte eine Weile, bis der Restalkohol abgebaut war.

An einem Sonntagvormittag bereiteten wir uns gemeinsam auf eine Treibjagd vor. Hier wurde besprochen, um welches Jagdge biet es sich handeln sollte und wie Treiber und Schützen einzuteilen waren. Anschließend schleppte uns Jupp in ein feines Kaffee in den Ort. Wir kamen mit den vor Dreck triefenden Gummistiefeln in den Gastraum, um Kaffee, Kuchen und Cognac zu genießen. Ich glaube, wir waren nicht gerne gesehen. Hatten wir doch mit unseren Stiefeln den Boden des Kaffees ganz schön eingesaut, aber das war Jupp ziemlich egal.

Das von den Jägers Frauen vorbereitete Mittagessen zu Hause musste warten.

Das Loch im Gartenzaun

In meinem Büro erreichte mich eines Tages ein Anruf meiner aufgelösten Frau.

Sie war mit Enno bei Ihrer Zwillingsschwester in Herkenrath bei Bergisch-Gladbach zu Besuch.

„Enno hatte einen Unfall, rief sie durch Telefon."

Sofort fuhr ich nach Herkenrath.

Dort angekommen, war die Trauer groß. Enno war unter dem Zaun des Gartens meiner Schwägerin durchgekrochen und auf die Straße gelaufen. Er wurde von einem Auto erfasst und war sofort tot. Er war in die ewigen Jagdgründe gegangen. Mir war, als hätte ich ein Kind verloren. Mein erster Hund, mein Begleiter war nicht mehr. Die Trauer war bei allen Familienmitgliedern groß. Ich habe in den darauffolgenden Wochen viel geweint und nebenbei vom Kummer erheblich abgenommen.

Seine letzte Ruhestätte bekam er bei einem Jagdfreund, der ein riesiges Areal hinter seinem Haus hatte.

Ich begrub ihn in seiner Decke und mit seinem Halsband.

Mein neues Hobby

Seit meiner frühesten Kindheit war mir ein gewisser Ordnungssinn in die Wiege gelegt worden. Als kleiner Junge stapelte ich abends schon beim Ausziehen meine Hemdchen und Hosen, so dass mein großer Bruder Eberhard mir den Beinamen „Stapel" gab. „Mensch Stapel!" war sein Kommentar für meinen in dem Alter doch leicht übertriebenen Ordnungssinn. Malen, Werkeln, Sortieren und Modellieren waren meine kindlichen Lieblingsbeschäftigungen, sofern die Kriegsjahre dies zuließen.

Meine Freizeit ließ es nun zu, mich einem anderen neuen Hobby zu widmen. Ich besorgte mir einschlägige Literatur über Möbelrestaurierung und las. Diese Arbeit machte mich neugierig und der Zufall kam mir dabei zu Hilfe.
Die erste Barockkommode fand ich per Zufall in einer alten Scheune auf einem Bauernhof hier im Bergischen. Sie war in einem desolaten Zustand. Ich fragte den Besitzer, ob ich diesen Schrank haben könne. Seine Antwort war kurz und knapp: „Nimm das alte Ding mit, hier braucht es keiner mehr." Ich war glücklich und zufrieden und packte das Möbelstück in meinen Wagen. Ich fuhr heim und trug sie in meinen Keller. Hier war meine kleine Werkstatt und hier konnte ich nach Herzenslust basteln. Ich schaute mir mein vermeintliches Prunkstück an und begann erst einmal, es mit einer Abbeizlauge abzuwaschen, um sie vom größten Dreck zu befreien. Schulbladen und Türen habe ich entfernt, um sie separat zu bearbeiten. Alle Holzleisten, die sich demontieren ließen, hatte ich abgebaut, sämtliche Schlösser und Bodenbretter entfernt. Als nächstes wurde die erste Lackschicht durch Abglasern entfernt. Doch plötzlich erkannte ich, dass sich noch eine zweite Lackschicht darauf befand. Also musste ich den Arbeitsgang wiederholen.
Dann nahm ich mir ein grobes Schleifpapier und schliff das Mö-

belstück nochmals sorgsam ab. Ich nahm feineres Papier und wiederholte den Vorgang immer mit einem noch feineren Schleifpapier, bis das Holz gänzlich ohne Farbe und glatt war wie ein Kinderpopo. Das gute Stück sah auch in der Rohfassung schon sehr schön aus. Nun konnte ich eine Grundierung auftragen. Hier war Feingefühl gefragt, denn gab ich zu viel davon auf mein Tuch bekam eine Stelle vom Holz zu viel und die andere zu wenig. So was gab unschöne Flecken und im schlimmsten Fall hätte ich alles nochmals schleifen können. Es war jedoch gut gelungen und ich konnte mit dem Finish beginnen. Ich nahm Wachs, verteilte es auf der Fläche gleichmäßig und nun hieß es polieren, polieren, polieren. Das von mir erwartete Ergebnis war eine seidenmatte Oberfläche mit einem dezenten Glanz.

Eine Beschreibung der immer wiederkehrenden Arbeitsgänge

1. Reinigung des Möbels durch Abwaschen.
2. Notwendiges Zerlegen des Möbelstückes, dabei eingerostete Schrauben lösen oder – wenn nötig – ausbohren. Die Zerlegung ist meist notwendig, um an alle Ecken und Verbindungsstücke zu kommen und um Farbreste entfernen zu können.
3. Erste Farbschicht abglasern, hier wird die erste Lackschicht mit Hilfe einer Glasscherbe gleichmäßig vom Holz entfernt. Sollte noch eine Farbschicht darunter vorhanden sein, muss dieser Arbeitsschritt wiederholt werden.
4. Schleifen des Möbels mit 240er Schleifpapier.
5. Nochmals Schleifen mit 400er Schleifpapier
6. Je nach Möbelstück eine Grundierung aufbringen oder das Möbel je nach Kundenwusch Beizen, meist war dies ein Kirschholzton.
7. Die einzelnen Teile mit Schellack oder Wachs polieren.
8. Zusammensetzten der Teile.

Meine Devise lautete dabei immer „Learning by doing.“

Kais Jagd-Begeisterung war vorbei

Wir beide beaufsichtigten die Kinder gerne, wenn Ute und Werner geschäftlich unterwegs waren. Auch bei der Einschulung der Kinder hatte ich mir, wenn es möglich war, einen Tag freigenommen. Kai zeigte besonderes Interesse für die Jagd und das machte mich besonders glücklich. Als er alt genug war nahm ich ihn mit auf Ansitz. Es war ein Erlebnis für ihn, was er auch freudestrahlend seiner Mutter und meiner Frau mitteilte. Kai ging von nun an häufiger mit mir auf Ansitz, bis er eines Tage mit Ernüchterung feststellte, dass die Jagd ihm doch nicht gefällt. Es war in Eging, wir beiden hatten uns auf einen Rehbock angesetzt. Nach längerer Wartezeit hatten wir Glück, und das Tier trat heraus. Ich konnte den Reh-Bock mit einem gezielten Schuss strecken. Kai und ich stiegen von unserem Hochsitz hinunter und gingen zu dem erlegten Tier. Dass das Tier tot war machte Kai nichts aus. Ich erklärte ihm den jagdlichen Brauch mit dem Schützenbruch und die Geschichte des letzten Bissens für das erlegte Tier. Er hörte aufmerksam zu, und es schien alles in Ordnung zu sein. Jetzt holte ich mein Jagdmesser heraus und weidete den Rehbock fachgerecht aus. Kai schaute auf und sagte nur „ Nein Onkel, die Jägerrei ist doch nichts für mich, es ist mir zu blutig!" In diesem Moment wurde mir klar, er wird nicht in meine Fußstapfen treten, doch das änderte nichts an unsrer innigen Beziehung.

Elfe eine Dackeldame

Enno war nun schon einige Zeit in die ewigen Jagdgründe gegangen. Die Sehnsucht nach einem Hund, einem treuen Begleiter, wurde bei mir immer stärker. Diesmal sollte es kein Deutsch-Drahthaar sein, sondern ein Dackel. Ich begann Anzeigen von Hundezüchtern zu studieren und wurde fündig. Ein Jäger aus dem Sauerland bot einen Rauhaardackel an, das klang gut. Ich rief bei dem Herrn an und vereinbarte einen Besichtigungstermin. Ich fuhr die rund 100 km nach Elspe und fand auf Anhieb meinen nächsten Traumhund. Es war ein rauhaariges, saufarbenes Dackelmädchen, die den Namen Elfe vom Hackerschott trug.
Ich nahm Elfe mit nach Hause, dort angekommen, wurde erst einmal alles vorsichtig von ihr inspiziert. Sie hatte ein Körbchen im Haus bekommen und lebte sich recht schnell ein. Den Garten und die Hütte, die noch von Enno unter dem Balkon stand, wurde schnell ihr neues Refugium.
Bei meinem wohl verdienten Mittagsschlaf schmiegte sich Elfe regelmäßig an meinen Oberschenkel unter unserer gemeinsamen Wolldecke. Ihre angeborene Neugier ließ sie aber nach geraumer Zeit wieder hervorkriechen. Damit war natürlich mein Mittagsschlaf als beendet erklärt worden.

Elfe entwickelte sich zu einer sehr hübschen Dackeldame. Ich besuchte mit Elfe Hundezuchtschauen, Sie bekam immer die Note: „V" für vorzüglich. Ein sehr erfahrener Jagdhund-Besitzer, der ebenfalls dort ausstellte, riet mir zur Nachzucht, um das gute Erbgut zu erhalten. Für Elfe musste also ein geeigneter Hundemann her, der stammbaummäßig und von den Erbgutanlagen her passen sollte. Die Wahl fiel auf einen Rüden einer attraktiven Rauhaardackelzucht, sie lag in unmittelbarer Nähe zur Dhünntalsperre. Elfe wurde heiß(läufig) und nun konnte es losgehen. Ich fuhr mit Elfe zu ihrem Liebhaber, dem auserwählten Dackelherrn.

Dem Liebesakt ergab sich Elfe gern. Der Besitzer des Rüden bemerkte später zu mir: „Das Belegen der Hündin ging ohne Mühe vonstatten."

Ich nahm meine Elfe wieder mit heim. Nach einer Tragzeit (Schwangerschaft) von 68 Tagen war es soweit und Elfe gebar vier entzückende kleine Dackelwelpen, die wir herzlichst begrüßten. Unsere Dackelmama kümmerte sich rührend um ihre Kinder, sie wuchsen und gediehen prächtig. Nach acht Wochen kam die Zeit des Abschiednehmens, ich hätte ja gern einen behalten, aber meine Frau war der Meinung, ein Hund reicht. Der Rüden-Besitzer durfte sich als erster einen Welpen aussuchen, das war vorab schon abgemacht worden. Die anderen drei Tiere sind an andere Jagdkollegen verkauft worden.

Elfe entwickelte sich zu einem ausgereiften Hund mit viel Energie, guter Nase und Suchwillen. Sie hatte die anlagebedingte Voraussetzung als Fährtenhund für Blutspuren (In jagdlichen Kreisen wird so ein Fährtenhund als Schweißhund bezeichnet). Aber wie war es mit der Konzentrationsfähigkeit und der Ausdauer für die Spur bei ihr? Dies konnte ich nur durch einen Versuch herausfinden. Ich kaufte mir künstliches Wild-Blut und legte eine Schweißspur. Dazu nahm ich einen Stock, wo an einem Ende ein Lappen befestigt war, tauchte diesen in das Blut und tupfte so alle paar Meter auf den Boden. Die Fährte war fertig. Ich setzte Elfe an den Anfang der Spur, nach dem jagdlichen Standartbefehl „Such-Verwund" lief meine Dackeldame los. Es klappte schon einigermaßen gut, und ich kam zum dem Schluss, dass durch regelmäßiges üben, Elfe ein richtiger Schweißhund wird.

Was noch ganz wichtig war, ist die Portion Wildschärfe die Elfe mitbrachte, ich übersetze dies einmal so: „Der Hund muss sich nicht unbedingt auf das Tier stürzen. Es ist ausreichend, wenn er das Tier umkreist und verbellt." Der Idealfall wäre, wenn ein Hund das erlegte Tier dem Jäger vor die Füße legt. Elfe machte ihre Arbeit immer besser, so konnte ich uns beide zur sogenannten Schweißhundeprüfung anmelden.

Ich begab mich mit Elfe in die bergischen Wälder, wo der Veranstalter eine 800 Meter lange künstliche Schweißspur gelegt hatte und am Ende der Spur ein totes Reh lag. Es waren somit realistische Bedingungen geschaffen. Der Prüfungsplan sah vor, dass der Hund die Fährte aufnehmen und die Spur so genau wie möglich ausarbeiten (verfolgen) sollte. Elfe schaffte es mit Bravour und verbellte das gefundene Reh. Ich steckte Elfe einem (Bruch) Eichenzweig als Zeichen des Erfolgs am Halsband fest und mit Stolz geschwollener Brust traten wir beide den Heimweg an. Frauchen hatte inzwischen schon Leckerchen für Elfe in Form von geschnittenem Pansen vorbereitet.
Elfe bekam kurz drauf ihren ersten Einsatz.

Befreundete Jäger hatten sich eines Tages in den frühen Morgenstunden auf Rehwild angesetzt. Durch einen verunglückten Schuss eines Jägers, der versehentlich auch noch mit Schrot anstatt mit einer Kugel auf den Rehbock geschossen hatte, war das Tier nun waidwund und abgängig (geflohen).

Das Telefon klingelte kurz darauf bei uns und eine aufgeregte Stimme fragte:

„Du hast doch deinen Schweißhund? Kannst du uns helfen? Wir brauchen Elfe!"

Ich fuhr mit meinem Hund zum vereinbarten Platz, von dort aus gingen wir zu der Stelle, wo der Rehbock angeschossen wurde. Elfe war schon ganz aufgeregt, ich führte sie an der Schweißleine und setzte sie an den Anschuss, wo das Tier verwundet wurde.

Ich gab Elfe den Befehl „Such-Verwund" und mein Dackel stürmte auf und davon, obwohl ich keinen Tropfen Schweiß (Blut) sah. Mein Hund arbeitete hoch konzentriert, mit Akribie und unendlichem Finderwillen. Die Spur nahm kein Ende und wir kamen bei diesem auf und ab hier im Bergischen ganz schön ins Schwitzen. Nach geschätzten 1500 Metern fanden wir das Tier völlig ermattet im Wundbett liegen. Es lebte noch und musste von seinen Schmerzen erlöst werden. Ich holte mein Jagdmesser hervor und stach nach waidmännischer Art dem Bock in den Träger, der dann zügig abgenickt wurde.

Elfe hatte eine super Arbeit geleistet und zum ersten Mal hatte sie auf einer natürlichen Fährte gearbeitet. Sie war plötzlich ein „Schweißhund Natur." Diese hervorragende Leistung konnten alle anwesenden Jäger bestätigen. Für die Eintragung als Schweißhund in Elfes Zeugnis benötigte ich ein Protokoll von der Suche und eine Bestätigung aller Anwesenden. Das war die Krönung für Elfe und eine Steigerung der Wertigkeit meines Hundes.

Hurra! Schweißhund Natur!

Jägerneid

Ich fuhr oft zur Jagd nach Eging, mittlerweile kannten wir uns alle gut und es hieß „willschst a`holbe mittrinken." Gemeint war natürlich das Glas mit dem halben Liter des leckeren Bayrischen Bieres. Für uns Jäger war es ein geflügeltes Wort und wurde gerne befolgt. Nebenher wurde mancher Bock gestreckt, aber es gab im Leben der Jäger nicht nur das Schießen.

Wir bauten auch wichtige Hochsitze auf, nahmen am örtlichen Feuerwehrfest teil.

Mit Elfe nahm ich an einem Hunderennen teil.

Wenn ich sage wir, meine ich damit meinen damaligen Jagdkollegen Wilfried, der sich mir angeschlossen hatte. Wir teilten uns die zur Verfügung stehenden Hochsitze. Wilfried hatte einen prächtigen Sechserbock ausgemacht und nahm sich vor, diesen möglichst bald zu strecken. Leider verzweifelte er mehrfach bei seinen vergeblichen Ansitzen im Morgenlicht. Ich riet ihm, geh doch mal dahin oder dorthin. Ohne jagdlichen Erfolg wurde es ihm zu bunt und er erwiderte:

„Schieß du ihn doch, wenn du ihn kriegst!"

Mit den Folgen dieser Diskussion hatte er wohl nicht gerechnet.

Da es hinter dem Bauernhof in der Nähe von unserer Pension keinen Hochsitz gab, musste ich mir etwas einfallen lassen. Hier an der angrenzenden Wiese nah am Waldrand vermutete ich den wahrscheinlichsten Austritt des Wildes. Hinter dem Kuhstall lagen Autoreifen. Ich stapelte fünf Stück übereinander, etwa einen Meter von der Wand entfernt. Der Bauer gab mir leihweise einen Melkschemel, den ich zwischen Wand und Autoreifen stellte. Die Reifen dienten als Deckung und gleichzeitig als Auflage für die Waffe. Ich hatte kaum auf dem Melkschemel Platz genommen, fing es an fürchterlich zu gießen. Ich verkroch mich unter meiner Decke, die ich zur Polsterung meines Sitzes mitgenommen hatte.

Sie wurde pitschenass und danach schwer wie Blei. Die Optik meines Zielfernrohres beschlug beim Probesehen augenblicklich. Ich hielt die Stellung fast bis zum letzten Licht kurz vor zehn Uhr. Dann baumte ich ab. Das heißt, ich verließ meinen Stand bzw. Sitzplatz vorsichtig und rückwärts gehend. Noch ein letztes Mal nahm ich mein Fernglas hoch und leuchtete (suchte) die vor mir liegende Wiese ab. Der Regen tropfte mir in den Kragen. Ich war völlig durchnässt. Plötzlich sah ich einen Sprung Rehe. Unser Freund, der ausgemachte Bock, war auch dabei. Ganz leise setzte ich mich wieder und legte die Flinte auf. Das Zielfernrohr beschlug schon wieder und ich hatte Mühe, den Bock vernünftig ins Ziel zu bringen. Die Dunkelheit schritt unablässig voran und die Zeit drängte. Auf 100 Meter hatte ich schließlich den Bock im Visier und der Schuss brach. Ich hatte das sichere Gefühl, dass die Kugel Ihr Ziel gefunden hatte, aber es machte bei der Dunkelheit überhaupt keinen Sinn, den gestreckten Bock aufzusuchen. Gottseidank waren die Nächte noch nicht warm und so konnte ich die Suche im Morgenrot angehen. In unserer Unterkunft angekommen, kam mir Wilfried gespannt entgegen. Ich sagte nur, froh endlich im Trockenen zu sein:
„Morgen früh brauchst du nicht mehr auf Ansitz gehen."
Er fragte etwas verwundert:
„Was, du hast ihn geschossen?"
Ich merkte schon jetzt einen gewissen Unmut, und der nächste schnippische Kommentar folgte:
„Naja, wenn du schießt, dann liegt der Bock auch."

Am anderen Morgen machte ich mich früh auf die Suche und fand meinen Bock auf der angrenzenden Wiese im Morgenrot. Der Fuchs hatte schon ganze Arbeit geleistet und die halbe hintere Keule stibitzt. Ich kam mit dem Rest der Beute in unsere Unterkunft und sah die total entgleisten Gesichtszüge meines Jagdkollegen beim Anblick des Bockes.

Er bekam kein Wort heraus.

Die Stimmung war in den nächsten Tagen auf dem Nullpunkt, selbst ein von mir anberaumtes Wildessen und ein obligatorisches „Prösterchen" wurde nur mit Widerwillen und ohne Kommentar oder Dankeschön angenommen.

Auch in den darauffolgenden Jahren war unsere Beziehung nicht die Beste. So manche Freundschaft und Pächtergemeinschaft scheiterte schon an einem zu viel oder falsch geschossenem Reh-Bock. Ehrlichkeit und Vertrauen sind in einer Jagdgemeinschaft unabdingbar.

Diese Episode zeigt, wie der jagdliche Erfolg eines Jägers zu Neid und Missgunst bei seinen anscheinend besten Jagdkollegen ausufern kann.

Ein Haus in Odenthal

Wir wohnten schon einige Zeit in Dabringhausen, mussten aber feststellen, dass trotz dieser Neubausiedlung, in der wir wohnten, die Kontaktaufnahme zu den Einheimischen recht schwierig war. Sie hatten nach wie vor zu den Neuzugezogenen ein distanziertes Verhältnis. Dies stellte sich im Besonderen bei einer anstehenden Kommunalwahl heraus. Fast jeder der Einwohner kannte die politische Einstellung des Anderen. Wer nicht die gleiche Einstellung hatte, wurde mehr oder weniger ausgegrenzt. So etwas hatte ich bis dahin noch nicht erlebt. In mir kamen wieder alte Gedanken hoch.

Wie sagte damals die Bauersfrau in meiner Kindheit zu uns: „Und überhaupt zieht weiter."

Gudrun und ich entschlossen uns nochmals zu einem Neuanfang in einem anderen Ort im Bergischen. Ich machte mich ein zweites Mal auf die Suche nach einem geeigneten Grundstück. Nach einiger Zeit des Suchens fand ich ein Traumgrundstück in einem Neubaugebiet einer Ortschaft nahe Odenthal. Gleichwohl kamen immer wieder Zweifel auf, ob ein neues Haus uns gelingen und wir unser Glück damit haben würden. Die Frage war auch, ob wir das Haus hier in Dabringhausen so schnell verkauft bekommen und wie der Erlös aussehen würde. Ich gab eine Immobilienanzeige auf und es dauerte nicht lange bis sich ein Ehepaar gemeldet hatte, das auch den von mir geforderten Preis zahlen wollte. Nun konnte es losgehen. Ich beauftragte meinen Architekten Wolf mit einem Entwurf für unser Haus ganz nach unseren Wünschen. Wolf war offen für meine Ideen, die mir schon seit geraumer Zeit durch den Kopf gingen. Wir planten versetzte Ebenen in den Geschossen, eine Sauna, ein Schwimmbecken im Außenbereich, eine Kaminecke im Wohnzimmer, den Dachausbau und große Fensterflächen in östlicher Richtung.

Der Bau begann und es ging zügig voran. Wolf war bereit, eine von mir geforderte Planänderung vorzunehmen. Ich hatte es tatsächlich geschafft, aus einem Kloster in Lennep, wo gerade Renovierungsarbeiten stattfanden, die alten Eichenbarocktüren zu bekommen. Diese sollten nun ins Haus integriert werden. Hierfür mussten natürlich die Bemaßungen geändert werden.

Wir lagen mit der geplanten Bauzeit, die Wolf berechnet hatte, gut im Plan. Dann kam – wie es im Leben öfters so läuft – etwas dazwischen. Der Rohbau unseres Hauses war fast fertig und ein Handwerker hatte kurz vor Feierabend vergessen, den Hauptwasseranschluss-Hahn zu schließen. Der daran angeschlossene Schlauch hat diesem ständigen Druck nicht standgehalten und war über Nacht geplatzt. Das Resultat war am anderen Morgen ein überflutetes Untergeschoss. Es musste ausgepumpt und Trocknungsgeräte aufgestellt werden. Wegen dieser Panne wurde der geplante Einzug erstmal verzögert und wir bekamen ein Problem. Unser altes Haus war bereits verkauft, und die neuen Besitzer wollten schnell einziehen und unser neues Haus war noch nicht fertig.

Wir mussten uns kurzfristig eine Bleibe suchen.

In den Wochenendausgaben der Tageszeitung fanden wir eine Wohnung nicht weit von unserem neuen Haus entfernt, die wir für einen Zeitraum von einem halben Jahr anmieteten.

Es war ein altes Bergisches Fachwerkhaus, wo die Räume klein waren und es noch keine Zentralheizung gab. In den Räumen, die oft genutzt wurden, stand je ein Ölofen, den wir mittels einer Kanne regelmäßig nachfüllen mussten. Die restlichen Räume blieben kalt. Wenn wir außer Haus waren, gingen die Öfen auch schon mal des Öfteren aus und in diesem Jahr hatten wir einen kalten Winter.

Die Zeit verging. Das Erdgeschoss in unserem neuen Haus war mittlerweile einigermaßen trocken, so dass es auf der Baustelle weitergehen konnte. Es wurden noch Restarbeiten gemacht, wie Fliesen legen usw. Gudrun war oft in unserem neunen Haus und hat mit dem Saubermachen begonnen. Der gut geplante Umzug verlief reibungslos. Die eingebauten Barrocktüren renovierte ich nach unserem Einzug Stück für Stück selbst.

Elfe und der Rottweiler

Elfe hatte mit uns den Umzug gut überstanden. Der noch nicht fertige Garten nahm durch den Einbau von Bahnschwellen als Kantensteine, Kopfsteinpflaster und der Bepflanzung nach und nach Gestalt an. Ich hatte die Planung schon im Kopf fertig, es fehlte nur noch die Einfriedung des Grundstückes mit einem Zaun.

Der Sommer kam, und meine Frau machte – wie schon so häufig – die Terrassentür auf und Elfe machte es sich draußen gemütlich. Gudrun schaute ab und zu nach ihr, bis sie plötzlich feststellte, dass Elfe weg war. Sie rief mich sehr aufgeregt bei der Dienststelle an und berichtete mir, dass Elfe weggelaufen war. Sie befürchtete das Schlimmste und fragte mich, ob ich nicht nach Hause kommen könnte. Mein geliebter Hund! Unter Missachtung aller Verkehrsbeschränkungen fuhr ich heim. Ich kam gerade um die Ecke gerauscht, als Elfe sich schwer verletzt Richtung Haus schleppte. Ich hielt sofort an und schaute sie genauer an, es sah sehr schlimm aus. Elfe war blutverschmiert, an mehreren Körperstellen waren offene Wunden, zum Teil konnte ich am Unterbauch schon die Eingeweide sehen.

Elfe hatte von unserem Grundstück einen kleinen Ausflug gemacht und war dabei auf den freilaufenden Rottweiler einer Nachbarin getroffen. Wir wissen es nicht genau, aber ich vermute, dass Elfe mit ihren für einen Dackel bekannten Mut sich nichts gefallen ließ und sich nach Dackelmanier gewehrt hatte. Ich trug sie schnell zu meinem Wagen und fuhr auf direktem Weg zum Tierarzt. Der Zufall wollte es, dass auch ein zweiter Tierarzt in der Praxis anwesend war. Beide Ärzte untersuchten Elfe eingehend und machten mir wenig Hoffnung auf eine vollständige Genesung. Es war fraglich, ob sie die notwendige Operation überstehen würde. Elfe war schon sehr geschwächt. Trotzdem willigte ich ein, denn momentan konnte ich Ihr nicht helfen und so gab ich sie in die Hände der Ärzte. Meinen Dienst hatte ich für heute quittiert und fuhr heim. Nun mussten Gudrun und ich warten. Die Zeit verging quälend langsam. Endlich, gegen 18 Uhr, kam der ersehnte Anruf der Tierarztpraxis, dass die O.P beendet sei und Elfe abgeholt werden könne. Gudrun und ich fuhren gleich hin und die Ärzte erzählten uns, das Sie beide für die vorhandenen acht Bisswunden, die der Rottweiler zugefügt hatte, dreieinhalb Stunden benötig hatten.

Elfe war noch nicht ganz aus der Narkose aufgewacht, und so trugen wir sie ganz vorsichtig in unser Auto und fuhren heim. Ich legte Sie zuhause angekommen in ihr Körbchen, welches unter der Garderobe stand. Sie schlief noch immer und atmete tief, große Hoffnung auf Heilung hatte ich nicht.

Gegen 22 Uhr gingen wir zu Bett und ich trug Elfe samt Körbchen ins Schlafzimmer, so dass ich sie immer im Auge hatte. Ich legte mich hin, an Schlaf war nicht zu denken, da in mir in diesem Moment immer wieder eine Frage durch den Kopf geisterte: Was ist wenn?

Elfes tiefes Schnaufen war zu hören, und ich wollte das Gefühl wahrhaben, dass Elfe sich gesund schläft. Wenig später hörte das Schnaufen auf. Ich machte sofort das Licht an. Mein Hund atmete nicht mehr. Meine spärlichen Kenntnisse der ersten Hilfe reichten aus und ich begann sofort mit einer Mund-zu-Mundbeatmung bei ihr. Dabei hielt ich das Maul mit beiden Händen zu und blies ihr in kurzen Abständen in die Nasenlöcher.

Gottseidank, es half. Sie atmete wieder, es ging 5 Minuten gut. Dann hatte die Jagdgöttin Diana meine geliebte Elfe in die ewigen Jagdgründe geholt. Ich und meine Frau waren sehr traurig und natürlich flossen die Tränen. Dass Elfe durch solche Umstände ihr Leben lassen musste, wollten wir nicht wahrhaben. Uns blieb nur die Trauer.

Wie sollte es nun weitergehen? Wir hofften nur, dass wir nicht auf den Tierarztkosten, die durch die Bisse des Rottweilers ent standen waren, sitzen bleiben würden. Die vorhandene Haftpflichtversicherung der Rottweiler-Besitzerin hatte uns dann eine finanzielle Wiedergutmachung in Höhe von 2000 D-Mark zukommen lassen.

Die Nachbarin bekam vom Ordnungsamt die Auflage, den Rottweiler nur noch mit Maulkorb zu führen.

Das war kein Trost für uns.

Elfe fand ihre letzte Ruhestätte auf unserem Grundstück seitlich am Hang in Blickrichtung des Altenberger Domes.

Gudrun kümmerte sich um ihre Neffen

Als eines Tages fest stand, dass Ute Ihren Mann Werner und die Kinder endgültig verlassen wollte, beschloss meine Frau nach wie vor weiter regelmäßig nach Herkenrath zu fahren. Sie wollte in dieser schwierigen Phase ihren beiden Neffen helfen. Dies tat Sie mit solch einer Hingabe, dass Sie oft mehr in Herkenrath war wie bei uns daheim. Sie kochte, führte den Haushalt und half bei den Schulaufgaben so gut sie konnte.
Ich muss gestehen, dass es für Gudrun und mich eine sehr schwierige Zeit war. Wir haben sehr lange gebraucht den Schock zu verarbeiten, dass sich Ute von ihrem Kindern und Werner getrennt hatte.

***

Dirk machte sein Abitur und entschied sich für ein Studium in Gießen im Bereich BWL. Später wechselte er nach Bochum und begann hier ein neues Studium in Sozialwissenschaften. Einige Zeit später stellte er fest, dass dies nicht sein Leben erfüllte und brach das Studium ab. Er zog zurück nach Herkenrath und arbeitete im Betrieb des Vaters. Diesen Betrieb übernahm er einige Jahre später, sein Vater unterstützte ihn immer und stand ihm mit Rat und Tat zur Seite. Eine passende Frau hat er bisher noch nicht gefunden. Wir freuen uns wenn wir ihn sehen und fahren auch oft hin, um ihn zu besuchen.

***

Kai machte zwei Jahre nach Dirk sein Abitur und ging erst einmal zur Bundeswehr. Dort leistete er seinen 12-monatigen Grundwehrdienst und im Anschluss unternahm er mit seinen

Freunden eine 9-wöchige USA-Reise um das Land kennen zu lernen.

Kai , Dirk

Grille

Eine ungewohnte Ruhe herrschte bei uns im Haus ohne tierischen Freund.

Elfe war von uns gegangen und es fehlte der ständige Begleiter, der Wachhund und der Freund. Ich studierte wieder Anzeigen in Jägerzeitschriften und wurde fündig in Niedersachsen.

Ein Züchter schrieb:

„Jagdlich brauchbare Rauhaarteckel mit edlem Stammbaum und besten Anlagen zu verkaufen."

Ich nahm mit dem Züchter Kontakt auf und fragte nach der Anschrift für einen Besichtigungstermin. So fuhren wir auf die A1 Richtung Kloppenburg.

Der Züchter hatte uns beschrieben, dass wir etwa 5 km hinter der Abfahrt Kloppenburg rechts halten sollten.

Es war wirklich einfach zu finden.

Wir sahen uns seinen Wurf Rauhaardackel an und fanden ein Hundemädel, dass wir auf den Namen „Grille" tauften.

Grille wurde fortan unsere Neue Begleiterin. Sie bekam wie alle anderen Hunde vor ihr nur das Beste vom Besten. Vielleicht lag es ja an den anderen beiden Hunden vor ihr, denn wir waren bei Ihr etwas nachgiebiger und gönnerhafter. Ihre Lebendigkeit brachte wieder Leben in unser Heim.

Ein erneuter Umzug

Wir wohnten eineinhalb Jahre in unserem Architektenhaus edelster Sorte und waren stolz darauf, aber es entpuppte sich für Gudrun und mich als ein nur schwer zu beherrschendes Objekt.

Ich war den gestalterischen Künsten meines Architekten, die gut gemeint waren, erlegen und hatte dabei unsere wahrhaftigen Bedürfnisse außeracht gelassen. Wir stellten fest, dass die 150 qm Wohnfläche die wir besaßen für uns zwei viel zu groß waren. Auf den verschiedenen Ebenen verliefen wir uns regelmäßig. Die großen Fensterflächen, die in östlicher Richtung zeigten, waren schön zum Schauen ins Bergische Land. Für Gudrun, meine durchaus zarte, jedoch zähe Frau, schwer zu putzen. Bedingt durch eine offene Bauweise waren für uns merkbare Luftströmungen im Haus an der Tagesordnung, die so nicht geplant waren. Wofür zwei Garagen? Wer sollte dieses Haus einmal erben, wenn wir das Zeitliche segnen? Wir stellten fest, dass dieses Haus für uns eine Fehlplanung in jeglicher Hinsicht war.
Nach reiflicher Überlegung kamen wir zu dem Schluss, das Haus wieder zu verkaufen.
Wir beauftragten einen Immobilienmakler und schalteten Annonce.
Wir gingen wie so oft mit Grille durch Odenthal-Blecher spazieren und hierbei fiel uns ein im Bau befindliches Haus auf, das kurz vor der Fertigstellung war.
Wir schauten durch die Fenster: offener Kamin, versetzte Ebenen, Fußbodenheizung und ein kleiner schnuckeliger Garten. Für Grille war genügend Auslauf vorhanden.
Unser Interesse war groß, ein Haus kaufen wollten wir nicht noch einmal. Wir setzten uns mit dem Bauherrn zusammen und entschlossen uns, dieses Haus zu mieten.

Da es sich noch in der Fertigstellung befand, konnten wir auch Ausstattungswünsche äußern.

Für unser Objekt meldete sich nach kurzer Zeit ein Ehepaar mit großem Interesse, sie ließen es von einem Sachverständigen überprüfen.

Nachdem alle Sachverhalte geklärt waren, ging der Deal reibungslos über die Bühne.

Wir packten wieder Kartons und bestellten das Umzugsunternehmen, auch dieser Umzug verlief reibungslos.

Noch heute fühlen wir uns hier sehr wohl und haben mit der Vermieterin ein sehr gutes Verhältnis aufgebaut.

***

Meine Frau ging gern mit Grille einige Kilometer spazieren. Sie hatte durch den Umzug bedingt eine schöne Strecke in der näheren Umgebung gewählt, die eine wunderschöne Aussicht vom Bergischen auf die Rheinschiene bot. Gudrun ließ Grille oftmals auf der Ebene ohne Leine laufen.

Anfangs ging das noch recht gut und Grille blieb einigermaßen bei Fuß, aber als die liebe Dackeldame in die Flegeljahre kam, entwickelte sie Ihren eigenen Kopf. Oftmals dauerte es eine Stunde und länger, bis Grille wieder bei Frauchen eintraf. Einfach war das nicht, weil Grille außer Sichtweite war und Gudrun sich sorgte.

Für die Jagd ließ ich mir bei Ihr diesmal viel Zeit und Ruhe mit der Ausbildung. Vielleicht lag dort das Problem begraben, dass sie nicht immer sofort auf Kommando hörte.

Im Grunde war Grille eine Seele von Hund.

Es tat der Liebe keinen Abbruch, dass Sie wasserscheu war oder gerne ihren eigenen Weg verfolgte.

Training für den Hamburg Marathon

Die Witzheldener Laufgruppe und ich hatten die Laufstrecke von damals 13 km langsam und kontinuierlich erweitert. So kamen wir während einer Trainingseinheit auf die Idee, uns für einen Halbmarathon anzumelden. Es dauerte nicht lange, da wurde aus einem Halbmarathon ein Marathon.

Den Ersten liefen wir in Monschau über Berg und Tal. Ich benötigte für diese Strecke 3 Stunden 40 Minuten und war durchaus zufrieden mit diesem Ergebnis.

In der Gruppe trainierten wir regelmäßig und verlängerten immer wieder die Distanzen. An Marathonläufen nahm ich mittlerweile auch regelmäßig teil.

Ich lief in den Städten Frankfurt, Bremen, Wien, Hanau und zweimal in Berlin. Auch an einem Halbtriathlon und Kurztriathlon hatte ich ebenfalls teilgenommen.

Diese Kämpfe übten für mich einen besonderen Reiz aus.

Anfang Februar 1987 meldete ich mich für den Hamburg-Marathon, der Mitte des Jahres stattfinden sollte, an. Unsere damalige Strecke war 20 km lang. Während des Laufens legte sich die kalte Luft auf meine Brust und ich bekam leichte Probleme. Der Druck ließ nach einer Ruhephase wieder nach und ich lief weiter. Diese Probleme hatte ich auf das nasskalte Wetter zurückgeführt. Wie sollte ich mich doch irren. In den darauffolgenden Tagen war alles wieder gut. Ich war in Form und freute mich auf den Sommer.

Nicht nur Einlagen waren fällig

Mich plagte am Fuß eine Reizung, deren Ursache ich auf den Grund gehen wollte.

Ich machte einen Termin bei Frau Dr. S. in einem Leverkusener Krankenhaus, sie war Polizeiärztin. Gleichzeitig hielt ich es für notwendig, mich routinemäßig auf Herz und Nieren untersuchen zu lassen.

Frau Dr. S. schaute sich den Fuß an und gab mir eine kleine Injektion. Diese brachte schnell Erleichterung.

Sie bemerkte: By the way und schickte mich zum EKG. Sie verabschiedete sich und gab mir noch ein Rezept für Einlagen, die ich bei einem Orthopäden anfertigen lassen sollte. Ich begab mich schließlich zum EKG-Raum. Auf das Ergebnis musste ich bis zum darauffolgenden Tag warten. Bereits am nächsten Morgen, es war mein 50.ter Geburtstag, sprach mich in der Dienststelle Rainer, wir nannten ihn nur unseren „Sanitätsbulle", an und befahl mir, ich solle mich sofort zu einer erneuten Untersuchung ins Krankenhaus begeben.

Er begründete es mit der Aussage:

„Da wird wohl ein Kontakt beim EKG nicht gut angebracht worden sein."

Ich meldete mich vom Dienst ab und begab mich, wie es angeordnet war, sofort zum Krankenhaus zu einer erneuten EKG-Untersuchung. Ich begann nun auf einem Fahrradergometer mit den üblichen Tretbewegungen.

Der anwesende Arzt schaute auf die Werte und rief:

„Sofort aufhören."

Das klingt mir heute noch in den Ohren.

Sein Kommentar war nur: „Da stimmt etwas nicht." Es zeigten sich Veränderungen im EKG, die nichts Gutes versprachen, und ich wurde sofort zur weiteren Klärung des Befundes ins Klinikum Leverkusen überwiesen. Nach einer neuerlichen Begutachtung des Befundberichtes kam der leitende Arzt Prof. Dr. T. zu dem Schluss, eine Kathederuntersuchung einzuleiten.

Die niederschmetternde Nachricht vom Professor lautete schließlich: 90% -tiger Verschluss einer Herzkranzarterie.

Alarmstufe rot!

Ich musste mich einer ersten Operation unterziehen. Leider konnte der Verschluss nicht mittels einer Ballondilatation behoben werden. Ich wusste gar nicht, wie mir geschah und wurde unter Aufsicht eines Arztes zur stationären Aufnahme in die Uniklinik nach Köln befördert. Eine geplante Bypass-Operation sollte eigentlich in zwei Wochen erfolgen. Mein Zustand war jedoch so dramatisch, dass akute Lebensgefahr bestand. Die Ärzte entschieden, diese Operation direkt am kommenden Tag durchzuführen. Mir war schon sehr mulmig zumute und ich betete nur, dass alles gut verläuft. Mit meinem Bett wurde ich in den OP transportiert und nun ging es los, mit Vollnarkose, Herzlungenmaschine, Entnahme einer Vene aus dem Unterschenkel und Implantation eines Bypasses mit Ausführungsbezeichnung „Sequenzialer Bypass."
Das bedeutet, mit einer Vene zwei Arterien gleichzeitig zu versorgen.

Nach der OP wachte ich aus der Narkose auf und fühlte mich eigentlich ganz gut. Allerdings war ich an einen Überwachungsmonitor angeschlossen.

Der Operateur Dr. H. stand im Raum und meinte:

„Ja, Ja, sie hätten besser mehr Bier und Schnaps getrunken als zu rauchen."

Dabei trat er näher ans Bett und ich konnte seine Qualm-Ausdunstung aus seinem Mund deutlich wahrnehmen.

„So sind alle Raucher. Sie meckern, aber selber machen sie es nicht besser:" dachte ich.

Meine Genesung verlief ohne weitere Komplikationen, so dass ich das Krankenhaus nach einiger Zeit verlassen konnte.

Wie mir später zugetragen wurde, hatte Herr Dr. H., – er besaß einen Lehrstuhl an der Uni Köln, – mein durch Zufall erkanntes Herzproblem den Studenten vorgetragen.

Die anschließend vier Wochen lang dauernde Heilbehandlung fand in der Herzklinik Bad Berleburg statt.

***

Ich war gerade 2 Tage wieder zu Hause, da erreichte mich morgens ein Anruf aus dem Krankenhaus in Lüdenscheid. Man teilte mir mit, dass es meiner Mutter sehr schlecht ginge. Sie lebte inzwischen schon einige Zeit in einem Alten- und Pflegeheim in Marienhangen, musste aber aufgrund eines plötzlichen Schwächeanfalls ins Krankenhaus eingewiesen werden.
Meine Frau und ich fuhren sofort hin. Wir stellten beide mit Besorgnis fest, dass es Mutter gar nicht gut ging. Gudrun und ich verabschiedeten uns nach einem langen Besuch von ihr, als wäre es das letzte Mal gewesen. Wir waren natürlich mit der Hoffnung heimgefahren, dass sie sich wieder aufrappeln würde.
Gegen 22 Uhr bekamen wir dann die traurige Nachricht, dass meine Mutter soeben verstorben sei.
Hätte ich dies vorher ahnen können, wäre ich noch zwei Stunden länger bei ihr geblieben.

Mutter wurde 87 Jahre alt.

Missglückte Fasanenjagd

Jupp war ein Amtsbruder von mir. Jedes Jahr verbrachte er mit seiner Familie den Urlaub am Balaton in Ungarn. Beiläufig erzählte er mir von seinen Urlaubserlebnissen am Plattensee. Wie schön, wie preiswert und überhaupt alles war. Der Pálinka, ein ungarischer Schnaps mit fast 50 Umdrehungen, hatte es ihm angetan, wie ich aus seinen Erzählungen herausfilterte. Unvermittelt sprach er mich an und sagte zu mir. „Willst du mal mit zur Jagd nach Ungarn?" Er erzählte, dass er in einem Haus am Balaton wohne, das einem anderen Jäger gehörte. Er hatte bereits den Eigentümer gefragt, ob er einen anderen Jäger mitbringen könnte. Ich nahm die Einladung dankend an, und wir fuhren mit zwei weiteren Freunden in das Land der Magyaren, ein Eldorado für Jagdliebhaber. Wir fuhren bis nach Kaposvár, einer Kleinstadt am Fluss Kapos gelegen, 186 km von Budapest entfernt. Die Stadt der Blumen, wie sie genannt wird, hat ca. 70.000 Einwohner und liegt im Herzen der Region Südtransdanubien. Wir wurden schon von Josef in seinem Haus erwartet und mit feinstem Krimsekt, Bier aus Pilsen, dazu Schinken, Kolbas (Wurst) und jede Menge fettes Fleisch und natürlich Pálinka empfangen. Josef lud uns am folgenden Tag in sein Niederwildrevier zu einer Fasanenjagd ein. Geschossen haben wir nichts, aber es war trotzdem ein Erlebnis wert, diese großen Flächen ohne Bebauung zu sehen. Am dritten Tag machten wir einen Ausflug in die multikulturelle Stadt Pecs. Sie war eine Universitätsstadt und außerordentlich sehenswert. Die Ungarn waren darauf bedacht, dass wir als Besucher möglichst viel Geld im Land ließen. In einschlägigen ungarischen Lokalen wurde üppig gegessen, getrunken und zum Teil wild getanzt. Und immer wieder kam der hochprozentige Pálinka. Nach 4 Tagen Aufenthalt hatten wir erst einmal genug von ungarischer Kultur und traten die Heimreise an mit dem Versprechen auf ein Wiedersehen.

Ich lebte gesund

Nach meiner Herzoperation lebte ich gesund und hielt mich mit fettigen Speisen zurück, um einer weiteren Arterienverkalkung vorzubeugen.

Ich joggte dezent aber regelmäßig und nahm die jährlichen Routineuntersuchens-Termine wahr.

Meine Frau und ich kamen gerade vom Einkaufen, als ich einen ominösen Druck hinter dem Brustbein verspürte.

Ich telefonierte mit der Praxis meines Kardiologen und schildete ihm die Schmerzen.

Der Arzt sagte mir, ich solle mich sofort ins Krankenhaus begeben, was ich auch umgehend tat.

Nach eingehenden Untersuchungen wurde ein zweites Mal eine Herz-OP durchgeführt.

Der Grund war ein teilweiser Verschluss des ersten Bypasses. Es begann die gleiche Prozedur wie ich sie schon einmal erlebt hatte.

Herzkatheder, Re-By-Passoperation und anschließende Reha-Maßnahmen.

Sylvester in Ungarn

Jupp hatte ins Auge gefasst, über Sylvester mit seiner Familie nach Ungarn zu fahren. Der Gedanke war gut, ich schloss mich an und fuhr mit meiner Frau im eigenen Wagen hinterher. So konnte auch Gudrun das Städtchen Kaposvár kennenlernen. Dort angekommen, erwartete uns bei der Begrüßung das gleiche Prozedere wie bei letzten Mal: Sekt, Bier, Wurst, Schinken, Brot und der heißgeliebte Pálinka. Wir bezogen unser kleines Zimmer bei Josef und machten uns für einen kleinen Stadtbummel auf. Wir trafen hier und da vereinzelt auf russische Soldaten. Im einzigen Sportgeschäft am Platz konnten wir grademal einen Fußball und vielleicht zwei ganz schlicht und einfache „nullachtfünfzehn" Trainingsanzüge ausmachen. Das Angebot war bis auf die allerorts vertretenen ungarischen Porzellanläden, die nicht ganz preiswerte Produkte anboten, allgemein sehr dürftig. Ansonsten war Kaposvár eine gepflegte Stadt mit alter Tradition.
Nach ausgiebigen Sylvester-Feierlichkeiten wurde nun erneut zur Jagd geblasen.

$$***$$

Josef hatte ein wildreiches Hochwildrevier, von ca. 14000 ha für uns gefunden. Er brachte uns in den Ort Bárdudvarnok vor den Toren von Kaposvár, denn mein Interesse bei diesen Ungarnjagden galt natürlich vorwiegend der Sauen- und der Rotwildjagd. Wir kamen zu einer netten Familie, der Mann des Hauses hieß Tibor. Ein Mann wie ein Baum mit einem geschätzten Gewicht von 110 kg, die Arme waren wie dicke Schraubzwingen. Er, wie auch Marika, seine Frau, waren ganz liebenswerte Gastgeber und tischten bei unserem ersten Besuch das Beste auf, was Küche und Keller zu bieten hatten.
Natürlich waren wir nicht aus Spaß hier, unser Ansinnen war,

eine Jagdmöglichkeit zu bekommen. Wir diskutierten an einem-runden Tisch in drei Sprachen, deutsch, englisch, ungarisch. Es wurde oftmals mit Händen und Füssen gestikuliert. Tibor und ich versuchten es mit informellen Augenkontakten, ergiebig war es nicht gerade.

Josef stellte mich während des Gespräches auf einmal vor die Wahl, bei Tibor oder bei ihm zu jagen. Da mir die ganze Familie und vor allen Dingen Tibor sehr sympathisch war, entschloss ich mich, das Angebot von Tibor anzunehmen. Es folgte ein gemütlicher Abend in netter Runde mit einer Verabredung für den nächsten Tag.

Gudrun hatte sich dazu durchgerungen, uns auf dieser Jagd zu begleiten, obwohl sie es nicht mochte, dass auf die Tiere geschossen wird.

Wir wurden von Tibor am 3. Januar 1988 in einem von der russischen Armee außer Betrieb genommenem Mannschaftswagen, allerdings mit einem spektakulären Allradantrieb, in die Botanik, in die Weiten des ungarischen Landes gebracht.

Hier lernten wir Ferry, einen waschechten ungarischen Zigan, wie man damals sagte, kennen. Er war ein erfahrener Jagdführer, mit einer nicht zu überbietenden Ausstrahlung. Er hatte Ähnlichkeit mit Errol-Flynn, einen der größten Hollywood-Schauspieler der 30er/40er Jahre. Nachdem wir uns alle gegenseitig vorgestellt hatten, hatte ich etwas Zeit, Ferry genauer zu betrachten. In mir kam immer mehr ein ungutes Bauchgefühl hoch. Ich konnte es mir auch nicht erklären. Ferry hatte es meiner Meinung nach faustdick hinter den Ohren. Dies sollte sich viel später in unangenehmer Weise herausstellen.

Wir waren an dem Punkt angekommen, wo Tibor nicht mehr weiterfahren konnte, Ferry blieb im Wagen und wir mussten den Rest bis zum Hochsitz laufen. Ein vielversprechender offener Sitz, wie es in Ungarn üblich war, inmitten einer Lichtung sollte für die nächsten Stunden unser Platz sein.

Ungarn hat einen sehr hohen Wildbestand und die Gesetzgebung für das Bejagen des Wildes weicht von unseren Gesetzen oftmals stark ab. Hier wurde zum damaligen Zeitpunkt das Jagen mit künstlichen Lichtquellen erlaubt. Unter dem Vorderschaft seines Gewehres hatte Tibor einen sehr starken Strahler, der über einen Akku gespeist wurde, montiert. Tibor, Gudrun und ich harrten also aus. Es hatte nicht lange gedauert und schon raschelte es im Bestand. Wie aus dem Bilderbuch, kamen plötzlich drei schwere Wildschweine aus Richtung neun Uhr. Tibor flüsterte: „Didi, schießen!" Schon hatte ich das Gewehr im Anschlag, der Lichtschalter wurde gedrückt, der Schuss brach und eine Sau lag.

Tibor und ich verließen den Ansitz, Gudrun wollten wir den weiten Weg zum Jagdwagen ersparen.

Sie musste Stellung halten.

Unweit von ihr klapperten in dunkler Nacht einige Hirsche mit ihren Geweihen gegen Bäume und Äste. Es war ihr nicht ganz geheuer, wie sie später berichtete. Nach geraumer Zeit kamen wir mit Ferry zurück und konnten die Sau mit vereinten Kräften einladen.

Waidmannsheil und Horrido!

Am Abend wurde feucht-fröhlich gefeiert.

Die schönen Tage, von Erfolg gekrönt, gingen zu Ende. Beim Abschiednehmen gaben wir das Versprechen, wiederzukommen.

Der besondere Ansitz

Tibor, der ungarische Jagdkollege, rief eines Tages im Mai an und löcherte mich am Telefon:
„Didi kommen, Özbak (Rehbock) schießen gyorsan …kommen schnell!"
Ich freute mich sehr über diesen Anruf.
War doch im schönen Ungarnland für viele Jäger das Non-Plus-Ultra an Wildreichtum zu finden und sonst auch immer ein besonderes Erlebnis für Jedermann.
Ich nahm Urlaub und packte meine Jagdutensilien. Um sechs Uhr morgens fuhr ich hier in Odenthal los. Meine 1230 Km lange Reise nach Ungarn führte mich über die Grenze bei Passau. Weiter ging es an der ungarischen Stadt Sopron vorbei, bis zu meinem Zielort Bárdudvarnok, nahe Kaposvár, rund 50 km südlich vom Balaton entfernt.
Ich erreichte das Haus von Tibor gegen 18 Uhr. Die Familie stand schon vor dem Haus und wartete bereits mit dem gemeinsamen Abendessen auf mich.
Eine ganze Woche führte mich Tibor morgens und abends auf verschiedene Ansitze. Ihm war es ein inneres Bedürfnis, mir schnellstens einen Rehbock präsentieren zu können, damit ich diesen strecken konnte.
Ich erinnere an einen besonderen Ansitzabend. Tibor konnte kaum ein Wort Deutsch und ich, also Didi, wie er mich nannte, kein Wort ungarisch. Die drei Brocken englisch, die er konnte, halfen auch nicht wirklich weiter, dennoch hatten wir ein unterhaltsames Gespräch mit Händen und Füßen.
Die Weite, die Stille, der aufgehende Mond erzeugten eine phantastische Stimmung. Im Flüsterton signalisierte er mir, dass er wohl gerne ein deutsches Gewehr erwerben würde. Doch die Haushaltskasse von Tibor gab diese Mittel nicht her. Er bekam ein schmales Gehalt als Kalfaktor (Hausmeister) an einem

Gynasium in der Stadt. Nach langem hin und her kam über seine Lippen ein nicht zu erwartendes Angebot:

„Ich deutsches Gewehr, du Hirsch schießen!"

Ich brauchte einen kurzen Augenblick für dieses Angebot und signalisierte ihm ein Ja.

Diese Gelegenheit konnte ich mir doch nicht entgehen lassen. Hierzu muss ich anführen, dass die ungarische Regierung sich den Jagdtourismus gut bezahlen ließ bzw. lässt. Für jedes Tier wird eine Abschussgebühr gefordert, dessen Höhe unterschiedlich ausfällt. Die staatliche Gebühr für einen ordentlichen Hirschen lag damals schon bei etwa 10.000 D-Mark. Ein für ihn passendes und zufriedenstellendes Gewehr, mit dem entsprechenden Zielfernrohr, lag nur bei einem Kostenfaktor von 2000.- bis 5000.- DM. Wir saßen an diesem Abend noch eine längere Zeit, ohne dass ein Schuss gefallen war.

Ich trat die Heimreise an mit dem Versprechen, im nächsten Jahr zur Hirschbrunft wiederzukommen.

Tibor und ich telefonierten in dieser Zwischenzeit häufiger miteinander. Er ließ nicht locker und fragte immer wieder nach einem Gewehr.

Er und seine Frau kamen im Sommer 1989 nach Odenthal zu Besuch. Sie brachten für uns jede Menge Mitbringsel wie Salami, Paprikapulver und natürlich den guten Pálinka mit. Wie versprochen kaufte ich ihm bei einem hiesigen Büchsenmacher sein gewünschtes Gewehr. Mit den notwendigen Formalitäten ausgestattet fuhren sie wieder nach Hause.

Der Hirsch ruft

Tibor wollte unbedingt, dass ich den von ihm versprochenen Hirsch schoss. Ihm war es sichtlich unangenehm, ein Versprechen nicht einhalten zu können. Der Abschuss für einen Hirsch war durch eine Lizenz des ungarischen Staates abgesichert. Tibors Frau Marika, die in einem ortsansässigen Jagd-Büro angestellt war, hatte diese Bescheinigung auf geheimnisvollen Wegen ergattert.

Schon vor meinem Eintreffen zur Brunftzeit hatte Tibor die Lage sondiert und ausgemacht, wo ein guter Hirsch aus dem Dickicht austrat. In der zweiten Nacht, die ich dort verbrachte, kam Tibor gegen drei Uhr morgens vor mein Zimmer und klopfte wie wild an meine Schlafzimmertür. Tibor rief:„Bikat (Hirsch)! Didi auf!" Er hatte mich aus tiefstem Schlaf gerissen und mir zu verstehen gegeben, dass ich mich beeilen sollte. Er war die ganze Nacht unterwegs gewesen um festzustellen, wo sich ein Rudel Hirsche zeigen könnte. Wir fuhren in die dunklen Wälder bis zu einer breiten Lichtung.

Wir stiegen leise aus Tibors Lada und begaben uns ganz leise, fast auf allen Vieren in die Richtung, von der aus die Hirsche kommen sollten. Es dauerte keine 2 Minuten, wir beide lagen im Gras und die Waffe war schon im Anschlag, als das Röhren, das Schreien der Hirsche losging. Es ging mir durch Mark und Bein. Jetzt wurde es ernst. Tibor zischelte ganz leise zu mir: „Didi, Didi schieß!"

Es war leicht bewölkter Himmel und Halbmond, das Licht reichte gerade, um die Umrisse des vor uns in einem Lupinenfeld äsenden Rudels auszumachen. Ohne Hektik nahm ich den Hirschen, den Tibor mir beschrieben hatte, ins Visier. Der Schuss durchbrach die tiefe, stille Nacht. Wir sahen keine Tiere mehr. Wir hörten nur Geräusche, die einem Klappern ähnlich waren. Dass musste der taumelnde Hirsch gewesen sein, der mit seinem Ge weih bei Ästen und Baumstämmen angeschlagen war. Allein an diesem Geräusch erkannte Tibor durch seine langjährige Jagderfahrung, dass der Hirsch getroffen war.

Tibor sagte zu mir: „Waidmannsheil Didi."

Es ergab keinen Sinn jetzt, wo der Himmel sich ganz zugezogen hatte, bei völliger Dunkelheit nach dem Hirsch zu suchen, deshalb machten wir uns auf den Heimweg. Früh am kommenden Morgen so gegen fünf, es zeigte sich gerade eine wunderschöne Morgenröte, fuhren Tibor und ich zu Ferry, den ich bereits vor einiger Zeit kennengelernt hatte. Ferry sollte uns beim Transport des Hirsches helfen. Er lebte hier mit seiner Frau in einer hüttenähnlichen Behausung. Er verdiente sein Einkommen als Jagdführer bei ausländischen Jagdtouristen.

Ferry kam mir entgegen mit den Worten:

„Weißmannfred!"

und gratulierte mir zum erlegten Hirsch.

Er meinte natürlich „Waidmannsheil." Bei den vielen, auch deutschen Jägern, die er kannte, hatte er wohl etwas falsch verstanden. Trotz spärlicher Verhältnisse gab es einen ungarischen Kaffee und ein Pálinka und es wurde palavert bis so gegen sechs Uhr. Die Zeit zog sich und ich wollte doch unbedingt wissen, wie die Fluchtrichtung des Hirsches war und ob er tatsächlich lag. Und was für eine Trophäe erwartete mich. Die Spannung wurde immer unerträglicher.

Endlich brachen wir auf und fanden nach kurzer Suche unseren phantastischen, kapitalen, ungeraden 16-Ender Kronenhirsch, (Das heißt eine Geweihstange hatte Acht, die andere sieben Sprossen, sie enden in einem Bündel am Ende des Geweihs)! Mir lief ein Schauer über den Rücken.

Wir transportierten den Hirsch zu Tibor und nun tauchte ein Problem auf. Es lag zwar eine Abschussgenehmigung vor, aber nicht für einen Kronenhirsch. Ein Geweihgewicht von acht Kilo plus minus 10 % war die Vorgabe der Behörden. Wir schlugen das Tier aus der Decke und der Kopf wurde abgetrennt.

Tibor und sein Spezial-Kochtopf für Geweihe

Nachdem das Haupt mittels kochendem Wasser und viel Puhlerei
von der Decke (Fell) befreit und getrocknet war, traten wir die
Fahrt zum Balaton an. Im Hotel Danubius befand sich die Regist-
ration und Bewertung der Trophäen. Ich schätzte, dass ca. 40-50
Jäger mit ihren Geweihen auf eine Abnahme warteten. Wir kamen um die Ecke, und die Augen der anwesenden Waidmänner

wurden immer größer. Die Waage der Kommission zeigte 9,5 kg Geweihgewicht an, dies trugen sie in das Dokument ein und teilten uns mit, dass wir hier für das Geweih keine Abnahme bekommen würden. Tibor kontaktierte das Jagd-Büro, und man sagte ihm, dass wir in das 280 km entfernte Budapest fahren müssten, um eine endgültige Bewertung und Freigabe zu erhalten. Tibor und ich fuhren vorn im Auto und Marika saß hinten zwischen den Geweihenden im Lada. Ein Unfall hätte mehr als nur Blessuren zur Folge gehabt.

Die vielbefahrene und mit Touristen vollgestopfte Straße am Balaton, inclusive der Staus, ließen wir hinter uns. Mitte September brannte die Sonne noch heiß am Himmel, das Thermometer zeigte sicher 35°C bis 40°C an, die Hitze im Auto war unerträglich. Wir fuhren nun auf der freien Autobahn nach Budapest und fanden bei unserer Ankunft nach einigem Suchen das Büro der zuständigen Behörde. Die Beamten gestikulierten mir, dass ich die Trophäe auf einen Ständer stellen sollte. Hier wurde sie von allen Seiten begutachtet und vermessen. Ich hatte Glück mit den sehr freundlichen Prüfern. Der handschriftliche Vermerk auf der Bescheinigung vom Balaton mit 9,5kg wurde kurzerhand ausradiert. Plötzlich wog mein Hirsch (Geweihgewicht) nur noch 8,5 kg. Unterdessen war Tibor verschwunden und fand sich nach geraumer Zeit wieder ein, bestückt mit 3 Flaschen Brandy. Die ehrwürdigen Prüfer, unter ihnen ein Doktor der Forstwissenschaft, waren uns noch freundlicher gesinnt. Mir wurde die Goldmedaille und ein entsprechendes Diplom für meinen kapitalen Hirsch ausgehändigt. Es waren erfolgreiche Tage in und um Bárdudvarnok, im schönen Ungarn gewesen.

Aufregend war es allemal.

Auf der Heimreise musste ich beim Grenzübertritt Ungarn meine Abschusslizenz vorweisen, es gab keinerlei Probleme und so konnte ich zufrieden, und glücklich weiter Richtung Heimat fahren.

Mein Bauchgefühl hatte mich nicht getäuscht

Es trieb mich wieder in das Land der dunklen Wälder und freien Felder. Viele Jahre rief Tibor vor Beginn der Rehbockjagdsaison an und er sagte: „Didi du musst kommen und Özbak schissen." Er, seine Frau und ich waren inzwischen zu guten Freunden geworden. Ich hatte alles für die Fahrt vorbereitet, Elfe sollte mich diesmal begleiten. Um sechs Uhr fuhr ich von zu Hause weg. Ich wollte diesmal nicht wie üblich auf direktem Wege dorthin. Ich nahm mir auf der Strecke nach Ungarn eine Auszeit. In Eging übernachtete ich bei Loni, die ich schon sehr gut kannte. Die Ruhe tat mir gut. Den Abend beschloss ich mit einer zünftigen Brotzeit und einem Weizenbier vom Fass.

So kann man leben!

Am frühen Morgen des folgenden Tages ging die sechsstündige Reise über Wien weiter. Ich erreichte mein Ziel gegen 14 Uhr. Das Hallo war wie immer groß, es folgte das gemeinsame Essen und die Einweisung in mein Zimmer. Marika kochte gut und fett, nur die Fischsuppe habe ich beim besten Willen nicht runter gekriegt. Nach einem kühlen Morgenansitz sehnte ich mich meist nach einem Kaffee oder Tee. Meine Abneigung zum Fisch hatte sie bald gemerkt, von nun an stand sie nicht mehr auf dem Speiseplan. Tibor führte mich morgens und abends auf die Jagd und ich hatte die Gelegenheit, Rehböcke mit und ohne Genehmigung zu schießen.

In diesem Jahr erlegte ich einen von mir angemeldeten und bezahlten Rehbock. Der Zufall trieb mir einen zweiten Bock vor die Büchse. Der Bock war äußerst dunkel gefärbt. Man kann dazu auch sagen, schwarz.

Ich musste also die Heimreise mit zwei Böcken im Gepäck antreten. Ich näherte mich dem Grenzübergang und hatte vorsichtshalber das Gehörn von meinem Schwarzen Bock im Kofferraum ver

steckt. Ich fuhr Richtung Grenzposten, meine Fenster waren aufgrund der Wärme offen und so hörte ich die nahestehenden Grenzer sprechen. Mit meinen spärlichen ungarischen Sprachkenntnissen konnte ich immerhin zwei Worte auffangen „ket özbock."
„Oh, oh", dachte ich.
Auf meinen Jagdhund konnte ich mich verlassen. Der ließ keinen Fremden an den Wagen, geschweige denn an den Kofferraum.
Die Frage eines Grenzers war: „Was geschossen?
Mitkommen in Büro!" mir wurde noch heißer als es schon war. Nachdem der Grenzer meine Personalien notiert hatte, fragte ich ihn so gut es ging nach dem außergewöhnlichem Grund der Kontrolle. Er meinte mit einem Schmunzeln, es seien wieder Schmugglerbanden unterwegs. Ferry hatte mich wohl verraten und seinem Freund bei der Kripo in Kaposvár gesteckt, dass ich einen unerlaubten Rehbock geschossen hatte. Nur er und Tibor hatten Kenntnis davon. War es Jagd-Neid oder hatte ich zum Abschied nicht genug Geld aus der Tasche geholt und ihm gegeben? Den Kofferraum haben die Grenzer nicht durchsucht. Ich wurde mit guten Wünschen für eine gute Heimfahrt entlassen und konnte frohgemut Richtung Odenthal fahren.

Bernhard hat sein eigenes Revier

Mein Kumpel Bernhard pachtete ein Jagdrevier in Kürten oberhalb der großen Dhünntalsperre. Wir waren mit mehreren Jägern an einem Julimorgen zum gemeinsamen Morgenansitz verabredet. Ich musste gegen drei Uhr in der Früh, aufstehen um noch vor der Dämmerung, so gegen vier, auf dem Hochsitz zu sein. Kurz nach der rötlichen Morgendämmerung – hin und wieder fielen mir die Augen zu – hörte ich es im angrenzenden Wald knacken. Schon hatte ich mich mit meiner Waffe bereit gemacht und wartete gespannt auf die Dinge, die ich sehen sollte. „Teufel auch" dachte ich. Es wollte sich gerade eine dicke Wildsau in das vor mir liegende Getreidefeld einschieben (reinlaufen). Ich hatte das Tier angesprochen, d.h. durch das Zielfernrohr gesehen. Ich konnte erkennen, dass es sich um einen Keiler handelte. Ich erklärte ihn für abschusswürdig und legte an. Ich betätigte den Abzug des Gewehres und ließ ohne Umschweife die Kugel fliegen. Die Sau lag im Feuer, der Schuss hatte gesessen und das Tier war sofort tot. Die anderen Jagdkollegen befanden sich zu diesem Zeitpunkt weit entfernt auf anderen Hochsitzen, sie konnten diesen Schuss nicht gehört haben. Also musste ich, ob ich wollte oder nicht, das von mir erlegte Tier jagdgerecht versorgen. Ich stieg von meinem Hochsitz hinunter, besorgte mir zwei Buchenzweige und begab mich zu der Stelle, wo der tote Keiler lag. Nach alter Sitte steckte ich dem erlegten Tier einen Bruch in den Äser und mir einen an den Hut. Mit meinem Jagdmesser brach ich den Keiler waidgerecht auf und entfernte das Gedärm. Ich legte es für den Fuchs als willkommene Mahlzeit an den Waldrand. Das schwere Tier trug ich zu meinem 500 m entfernt abgestellten Fahrzeug. Ich fuhr zu einer Bergischen Gaststätte, die wir als Treffpunkt vereinbart hatten. Ich stieg aus dem Auto und setzte meinen Hut auf. Ein „Hallo" und „Haste was gesehen, haste was geschossen?" kam von Ihnen gerufen. Ich konnte diese Frage nur diskret bejahen. Ob sie das Zeichen des Jagderfolges an meinem Hut nicht gesehen hatten, oder mich nur necken wollten, bleibt bis zum heutigen Tage ungeklärt. Wir gingen kurz zu meinem Auto zurück und öffneten meinen Kofferraumdeckel. Das Erstaunen war groß und animierte die gesamte Truppe zu einem kräftigen „Waidmannsheil!" und ich bedankte mich pflichtgemäß mit „Waidmannsdank!"

Es war ein gelungener, erfolgreicher Morgenansitz.

Das anstehende, kräftige Frühstück und auch das Anstoßen mit einem kurzen (Glas Schnaps) gingen natürlich auf Kosten des Schützen.

Es folgte noch ein lautstarkes „Horrido", bevor wir uns trennten und zu unseren Frauen nach Hause fuhren.

Das Tier brachte ich zu einem Bekannten, der ein Kühlhaus besaß. Wie sich später rausstellte, brachte mein sechsjähriger Keiler 76 Kilo auf die Waage. Er entpuppte sich als silbermedaillenverdächtig mit seiner Gewehrlänge (oberes Gebiss) von 16 cm.

Es war ein unvergessenes Erlebnis für mich.

Die neue Bockbüchsflinte kommt zum Einsatz

Eine Einladung von Bernhard zu einem nächtlichen Wintereinsatz auf Sauen kam mir gerade recht. Wir verabredeten uns und bezogen unsere Ansitzpositionen. Das Bergische Land zeigte sich von der besten Seite, es war eine kalte Januarnacht im Jahr 1998, wo der Mond seine Schatten warf, die Erde war mit einem weichen Tuch aus Schneegriesel bedeckt. Dies erzeugte bei mir wohltuende Stimmung, einfach traumhaft. Ich hatte mir vor einigen Tagen eine neue Bockbüchsflinte (Blaser 95 im Kaliber 3006 Springfiel, 7,62 mm, Schrot 12/70) gekauft. Ich genehmigte mir eine Flasche Bier, harrte der Dinge, die da kommen sollten. Mein mitgenommener Tee sollte später für wohlige Wärme sorgen. Die Zeit verging schnell, es war kurz vor 23 Uhr. Ich konnte es nicht glauben, aber auf dem Acker vor mir nahm ich einen großen, schwarzen Fleck wahr. Es war ein Keiler wie er im Buche stand. Bernhard hatte den Schuss gehört, den ich abgegeben hatte und war nach kurzer Zeit zur Stelle. Es war ein großer Keiler, den ich aufbrach, dass Gedärm bekamen die Aasfresser des Waldes als einfache Beute spendiert. Dieser Keiler war so schwer, dass wir beide ihn nicht bewältigen konnten. Bernhard rief zu so später Stunde noch einen benachbarten Landwirt an und bat diesen, mit seinem Trecker vorbeizukommen, um das Tier zu transportieren. Nach einigem Murren kam er endlich, es war schon fast Mitternacht. Wir legten den Keiler in die Schaufel des Frontladers, und der Bauer brachte das Tier auf seinen Hof, hier blieb es bis zum anderen Tag hängen.

Bei Tageslicht sah der Keiler noch gewaltiger aus und brachte 80 kg auf die Waage. Die Waffenlänge von 18 cm konnte sich sehen lassen.

Meine neu erworbene Flinte hatte sich bewährt.

Der schon wieder

Bernhards Frau hatte mittlerweile auch einen Jagdschein erworben. Wir trafen uns mit 30 Jägern und einigen Hunden zu einer etwa 2-stündigen Drückjagd. Diese Drückjagden finden überwiegend in den Winterhalbjahren statt, um den Wildbestand vor großen Störungen zu bewahren. Es wird nur mit Kugel geschossen und nicht mit Schrot, wie bei Treibjagden. Die Mehrzahl von uns Jägern wurde rund um den zu bejagenden Teil des Waldes abgestellt. Wir bezogen unsere Posten und mussten dort stehen bleiben. Die Jagd begann und die restlichen fünf von uns durchstöberten als Treiber mit ihren Hunden das Dickicht, wo sich vermutlich das zu bejagende Wild befand. Das Wild wurde vorsichtig aus der Deckung gedrückt, ohne die Tiere zu sehr zu treiben. Ich hörte ein, zwei Schüsse fallen und wartete ab. Aus dem Dickicht tauchte auf einmal eine Sau im wahrsten Sinne im Schweinsgalopp auf. Ich hatte nicht viel Zeit zum Überlegen. Intuitiv zog ich die Waffe hoch, visierte das schnelle Ziel und schoss. Das Tier lag. Kurz darauf ertönte auch schon das Jagdhorn, was das Signal „Jagd vorbei" gab. Ein Kollege kam mir zur Hilfe und wir beide haben das Tier zu dem Platz getragen, wo die Strecke lag. Hier stellte ich bei genauer Betrachtung fest, dass die Sau schon waidwund war, also vermutlich schon einmal einen Schuss abbekommen hatte. Bernhards Frau hatte mich mit den Worten „Der schon wieder!" begrüßt. Im ersten Moment dachte ich mir nichts dabei, dann stellte ich allerdings fest, dass ich der Einzige war, der eine Sau streckte. Es interessierte in diesem Augenblick niemanden, dass das Tier schon verletzt gewesen war. Der unausgesprochene Neid auf den Jagderfolg war wieder zu spüren.

Der vermeintliche Überläufer

Eines Tages meldete sich bei mir Hans, ein alter Freund und Jagdlehrgangskumpel. Mir war bekannt, dass er im schönen Mecklenburg-Vorpommern, nahe der polnischen Grenze, ein Hochwildjagd-Revier gepachtet hatte. Er lud mich zur Jagd auf Rotwild und Wildschwein ein.

Die Einladung war wohl nicht ganz uneigennützig, denn zu diesem Zeitpunkt war er ohne Führerschein und irgendwie musste er die 800 km bis ins Revier überwinden.

Wir fuhren also mit meinem Auto dorthin. Hans hatte für unsere Übernachtungen ein kleines Holzhäuschen im nordischen Stil angemietet. Abends ging es also auf Ansitz. Hier wurde mir eine lauschige Kanzel zugewiesen, von der ich aus Hirsch oder Sau, wenn sie mir vor die Büchse kamen, strecken durfte. Es war noch nicht spät, so ungefähr 21 Uhr, als ich eine Sau entdeckte, die sich an der mit Mais bestückten Kirrung (Lockfütterung) gütlich tat. Auf 40 m ließ ich das Tier herankommen, legte an und ließ der Kugel freien Lauf. Die Sau lag in hohem Gras und ich war der Meinung: „Naja", mittlerer Überläufer.

Ich rief Hans per Handy an und berichtete ihm, was geschehen war. Ich verließ meinen Platz auf der Kanzel und besorgte mir, wie es üblich war, einen Bruch für das Tier und einen für meinen Hut. Hans war inzwischen auch eingetroffen und wir beiden gingen zu meinem erlegten Überläufer. Es stellte sich heraus, dass dies eine total optische Täuschung war. Durch das hohe Gras waren die Umrisse des Wildschweines nicht komplett zu erfassen. „Nein, das war kein Überläufer" meinte er. Mit einem Augenzwinkern sagte er: „Du hast unseren besten Zuchtkeiler erlegt." Es war ein ca.120 kg schwerer Keiler mit einer Waffenlänge von 19 cm. Bei mir kam Freude auf und Hans war begeistert. Hans hatte inzwischen seinen Jagdaufseher per Handy benachrichtigt, damit dieser mit einem Anhänger vorbeikommen sollte, um das Tier abzutransportieren.

Hans hatte dieses Revier für 10 Jahre gepachtet. Er gab mir die Möglichkeit, dort in zeitlichen Abständen hin und wieder zu jagen.

In dieser Zeit erlegte ich dort ein Hirschkalb und noch zwei Wildschweine.

Jagdtrophäe des Keilers

Dicke Bohnen und Rinderhaxse

Das schöne Brandenburg sollte im meiner Laufbahn als Jäger ein Sammelpunkt für viele ungewöhnliche Ereignisse mit vielen Fassetten werden. Klaus aus Opladen, Jäger und ein sehr guter Bekannter, hatte unmittelbar nach der Wende ein Revier in den neuen Bundesländern gepachtet. Charismatisch, wortgewandt und nicht schüchtern kam er stets daher. Da uns die Jagd verband, lud er mich zum Jagen in sein Brandenburger Revier ein. In dem kleinen Runddorf Hülsebeck bei Putlitz bewohnte er ein altes schmuddeliges renovierungsbedürftiges Sanitätshaus. Der Zustand war noch aus den Zeiten, bevor die DDR-Mauer fiel. Alte, baufällige Hochbetten, wahrscheinlich aus Kasernenbeständen, mussten als Schlafstelle herhalten. In meinem Gepäck befand sich gottseidank Bettwäsche, die meine Frau vorsorglich eingepackt hatte. Klaus war kein Kostverächter. Auf der Fahrt nach Brandenburg legten wir Rast in Ülzen ein. Sein Hunger trieb uns in eine Hähnchen-Braterei. Seine Vorliebe galt der krossen und fetten Hähnchenhaut, die ich ihm ebenfalls von meinem Essen abdrücken musste. Anschließend mussten wir für drei Jagd-Tage Verpflegung einkaufen.

Auf der Einkaufliste standen:
3 Dosen Dicke Bohnen,
2 Rinderhaxsen,
ein großes Wurstpaket,
Brot, Brötchen etc.

Wir fuhren gesättigt und mit Proviant versorgt Richtung Brandenburger-Land. Langsam brach die Dunkelheit herein. Die Bundesstraße wurde enger und der Verkehr immer dichter. Durch den einsetzenden Regen wurde die Fahrt zu einem Höllenritt. Klaus, der nur Beifahrer war, bat mich ständig, schneller zu fahren. Vor uns waren nur LKWs, und auch im entgegenkommenden Verkehr gab es nur LKWs. Es bestand kaum die Möglichkeit, zu einem Überholvorgang anzusetzen. Klaus aber drängelte immer wieder, denn er wollte direkt nach unserer Ankunft auf Ansitz gehen. Wir hatten Vollmond und keinerlei Bewölkung am Himmel. Er wollte die knappe Zeit komplett ausnutzen für die Jagd. Klaus gab auf seiner imaginären Beifahrerseite Gas. Jedes Mal, wenn sich die kleinste Lücke im Verkehr auftat und es eine Möglichkeit zum Überholen gab, schrie er aus allen Kehlen „Feuuuuuuuer." Ab und zu ließ ich mich dadurch zu einem Überholversuch verleiten, brach ihn dann aber sofort wieder ab. Mir waren die Gesamtumstände ein zu großes Wagnis. Ich hielt mich an die Verkehrsvorschriften und wollte nicht nur uns, sondern auch die Allgemeinheit vor einer Katastrophe bewahren. Hatte ich in meiner Stationsleiterzeit bei der Polizei viele schreckliche Verkehrsunfälle gesehen und bearbeitet.

Jedes Mal war das Elend groß!

Schließlich erreichten wir unser Ziel und ich stellte das Auto nur ab ohne auszupacken.

Wir zogen schnell unsere „grünen Röcke" an, versorgten uns mit übriggebliebenem „Hasenbrot" und einem Fläschchen Bier. Beim Abmarsch fiel ich aus allen Wolken. Klaus hatte ein komplettes Federbett incl. Kopfkissen unter dem Arm und begab sich zu seiner Kanzel. Ich hingegen nahm mein Taschenöfchen, meine Pferdedecke, die noch aus Polizeibeständen stammte, mit und kletterte auf meinen Hochsitz. Trotz alledem kroch mit zunehmender Nacht die Kälte an mir hoch. Der Nachtansitz war erfolglos, kein Tier weit und breit. Klaus hatte eine Sau waidwund geschossen. Am nächsten Morgen machten wir eine Nachsuche mithilfe des zuständigen Jagdaufsehers. Die Sau fanden wir mausetot. Die Sau wurde aufgebrochen und der Jagdaufseher nahm den Rest mit zu Weiterverarbeitung.

Klaus, wie immer hungrig, hatte seine gekauften Bohnen gekocht, das Fleisch der Rinderhaxse hat er mit Akribie entfernt und zu kleinen Stückchen geschnitten. Er machte daraus eine wahrhafte Zeremonie und natürlich wurde immer wieder probiert und probiert bis er diese Suppe dann bei Seite stellte und stehen ließ. Dann gab es vor dem nächsten abendlichen Ansitz diese ominöse Bohnensuppe mit Fleischeinlage.

Ich blieb bei meinem eingekauften Proviant und war froh, nicht von diesem eigentümlichen Gericht essen zu müssen.

Diese nächtliche Ansitzjagd brachte auch nicht den erhofften Erfolg, so dass ich anschließend noch ein Butterbrot aß, während sich Klaus nochmals an der Bohnensuppe gütlich tat. Wir beide tranken 1,2,3 Bierchen, ebenso viele Cognacs und ließen den Abend mit vielen Anekdötchen ausklingen.

Am nächsten Morgen war es leider unvermeidlich an seinem offenen Schlafgemach vorbei zu gehen ohne einen kurzen Blick hinzuwerfen. Er stand gerade unter der Dusche. Ich konnte es kaum glauben, da stand doch tatsächlich noch der halbvolle Topf mit diesem Bohneneintopf mitten im Plümmo.

Mein Fazit daraus war nur, Fresser werden nicht geboren, sondern erzogen. Das sagte man schon zu uns kleinen Kindern.

„Oh, oh, Lieber Klaus. Die Kilos nehmen Gestalt an." sagte ich nur im stillen zu mir. Wir gingen am folgenden Abend nochmals auf Ansitz ohne jeglichen Erfolg und traten am nächsten Morgen die Heimreise an.

Ein Auftrag durch Mund zu Mund Propaganda

Es hatte sich herumgesprochen, dass ich Möbel restaurierte. Ich bekam aufgrund einer Empfehlung einen Auftrag für eine Esszimmergruppe.

Diese Gruppe stammte aus der Zeit Maria Theresia. Sie war total verunstaltet durch einen unfachmännischen weißen Farbanstrich. Das herausragende Detail war die schwarze polierte Tischplatte mit eingelegten Messing-Ornamenten. Es sah traumhaft aus. Die Restaurierung der Tischplatte überstieg meine Kenntnisse, hierfür musste ich mir etwas überlegen. Die Restaurierung der Stühle erfolgte in den bekannten und immer wiederkehrenden Arbeitsschritten. Die Restaurierung der Tischplatte überstieg jedoch mein Können. Ich hatte auf meinen vielen Ungarn-Jagden eine Bekanntschaft mit einem Restaurator eines Museum in Ungarn gemacht. Ich rief ihn an und fragte, ob er mir diese Arbeit abnehmen könnte und mit welchem Kostenfaktor ich rechnen müsste. Wir konnten uns einigen, und

ich brachte die besagte Tischplatte bei einem meiner jagdlichen Ausflüge dort vorbei für die Bearbeitung. Auf dem Heimweg konnte ich sie fix und fertig wieder mitnehmen. Es war zwar ein großer Kostenfaktor, er hatte sich gelohnt.

Überraschung für die Jagdgesellschaft

Gudrun und ich waren im Brandenburger Land zu einer Treibjagd eingeladen. Untergebracht waren wir in einem Anbau von Schloss Neuhausen.

Jagdhörnerklang, Hundegebell und ein kräftiges Horrido läuteten die große Treibjagd ein, Gudrun und ich reisten schon am Vortag an. Ich hatte mir das sehr gut erhaltene Kellergewölbe mit Rundbögen, den antiken Wackersteinmauern und uralten Steinböden aus dem 12. Jahrhundert angesehen. Hier sollte der zünftige Jägerabend stattfinden. Klaus, der Gastgeber, war für seine aufwendigen Feste und Feierlichkeiten mit allem drum und dran bekannt. Ich traf zu meinem Erstaunen eine kleine Coverband, die gerade ihren Soundcheck machte. Schon öfter hatte ich bei Treibjagden nicht nur mit jagdlichen Gesängen, sondern auch mit Shantys, Seemannsliedern und auch Gospel zur Unterhaltung der Truppe beigetragen. Meine gesangliche Erfahrung aus Jugendzeiten kam mir immer noch zugute. Mich reizte die Musik und ich bot mich an, ein, zwei Lieder zum Besten zu geben, um so zum Gelingen des Abends beizutragen. Allein diese Probe ließ vergangene Zeiten wach werden, und ich freute mich auf den Abend.
Als ich den kahlen Raum genauer ansah, sagte ich mir, hier muss etwas passieren. Ich überlegte kurz und dann kam mir der Gedanke, mit meiner Frau an diesem wunderschönen Herbsttag in den nahegelegenen Busch zu fahren. Nein, nicht dass, was Sie jetzt denken! Ich nahm drei Säcke mit, die wir mit dem wunderschönen Herbstbuchenlaub füllten, wir suchten noch einige Tannenreiser, die zum Arrangement gehörten. Sie vervollständigten meine gedankliche Dekoration des Gewölbekellers.
Wir fuhren zurück und ich legte gleich los, diesen Raum aufzu

peppen. Das Laub verteilten wir gleichmäßig auf dem Boden, und die Zweige fanden an den Wänden Platz. Das Ergebnis konnte sich meines Erachtens nach sehen lassen. Am darauf, folgenden Morgen begann die Treibjagd und sollte für mich ein unvergessenes Erlebnis werden.

Wir, die Jagdschützen, sollten einen bäuerlichen Viehtransportleiterwagen besteigen. Als Sitzmöglichkeit waren Strohballen vorgesehen. Bis die Fahrt losgehen konnte, verging noch einige Zeit, da der Jagdherr noch nicht entschieden hatte, wo er welche Schützen abstellte. Endlich ging es los, der kalte Wind blies uns ganz schön um die Ohren. Am ersten Abstellplatz angekommen, wurde der erste Schütze aus dem Wagen herausgelassen. So ging es nun Schritt für Schritt weiter. Mir wurde eine gute Position zugewiesen mit optimalem Schussfeld nach vorne. Der Fahrer des Treckers sagte zu mir: „Hier hast du freies Schussfeld, hier hast du keinen Menschen weit und breit." Nachdem der Trecker mit Wagen weiter gefahren war, ging ich zufrieden in Position. Ich lud meine Waffe und wartete auf das Wild, das da kommen sollte. Perfekt, dachte ich.

Nach kurzer Zeit sah ich zu meinem Entsetzen, wie der Trecker mit dem Hänger an der gegenüberliegenden Seite in nicht ausreichender Schussentfernung ebenfalls Schützen abstellte. Aufgrund der neu entstandenen Sicherheitslage war für mich an diesem Standort der Tag gelaufen und ich brachte mich kurzerhand in Sicherheit.

Die Jagd wurde mit dem Signal „Hahn in ruh" beendet. Alle Jäger begaben sich zu dem Patz, wo das erlegte Wild lag (Strecke). Der Jagdherr gab bekannt, welche und wie viele Tiere erlegt worden waren. Die Jagdhornbläser spielten für jede Tierart ein Totensignal z.B. „Reh tot." Am Ende dieser verschiedenen Totensignale wurden noch „Jagd aus" und ein „Hallali" geblasen. Trotz dieser chaotischen Verhältnisse war es eine erfolgreiche Jagd und mein Freund Klaus war durchaus zufrieden. Abends trafen sich

die Jäger, Treiber und Hundeführer zum Schüsseltreiben. Der langsam eintreffenden Jagdgesellschaft
verschlug es die Sprache, war doch die von mir geschaffene grüne, bunte Atmosphäre ein Highlight. Die Dekoration wurde vom Jagdherrn hoch gelobt.

Im Laufe des Abends konnte ich mein musikalisches Talent einbringen. Stilmäßig trat ich mit Seemannsmütze und einem T-Shirt auf. In dies hatte ich mir kurz vor dem Auftritt einen riesigen Winkel reingerissen. Als ich meine übergezogene Jacke ablegte, war das Hallo groß.

Die Band stimmte an und ich sang meinen Lieblingssong:

> „Some people say man is made outta mud
> a poor mann`s made outta muscle aud blood
> muscle and blood and skin and bones
> a mind that`s a-weak and an back that´s strong.
> You load sixteen tons, what do you get
> another day older aud deeper in debt
> saint peter don`t you call me `cause i can`t go
> i owe my soul to the copany store"

Neben den großen Beifallskundgebungen wurde laut „Zugabe" gerufen. Jetzt holte ich den richtigen Seemann, bekannt durch Hans Albers, raus.

Zum Schluss schmetterte ich noch ein „When the saints go marching in" und mit einem Mal hatte ich ins Schwarze getroffen und der ganze Jägerchor sang aus voller Brust mit. Klaus und ich waren sehr zufrieden und beendeten diesen gelungen Abend noch mit einem gemeinsamen Bierchen.

Mein Können als Restaurator war gefragt

Ich war total von dem Anwesen Schloss Neuhausen überwältigt. Es hieß, die Eigentümer hätten das Objekt nach der Wende von der damaligen Treuhandhandgesellschaft für den Preis von einer D-Mark gekauft. Die mit diesem geringen Kaufpreis verbundene Verpflichtung war, das Anwesen in den ehrwürdigen Zustand zurückzuversetzen.

Beide Eheleute hatten handwerkliches Geschick und rekonstruierten den alten Stuck, ersetzten Bodenbretter, malten und restaurierten Etage für Etage. Für mich war es beeindruckend, mit wieviel Akribie sie an dieses Bauwerk gingen. Wir hatten uns abends bei einem gemütlichen Bier darüber unterhalten und kamen auch auf das Thema Möbelrestaurierung zu sprechen. Ich erzählte beiläufig, dass die Restauration alter Möbel zu einem Hobby von mir geworden ist. Richard, der Besitzer des Schlosses, zeigte mir ein altes Barockbuffet mit Marmorplatte und fragte mich, ob ich es nicht aufarbeiten könne.

Ich schaute mir das gute Stück an und beantwortete seine Frage mit einem Ja.

Noch am selben Tag baute ich die Türen ab und nahm diese mit nach Hause, um sie dort im Vorfeld schon restaurieren zu können. Für die Arbeiten am Korpus vereinbarte ich mit Richard einen späteren Termin und nahm mir für vier Tage ein Zimmer in seinem Schloss.

Nun hatte ich alle Zeit der Welt, um diesem Möbelstück wieder neuen Glanz einzuhauchen. Richard, seine Frau und ich führten abends gute Gespräche, tranken und lachten viel gemeinsam, es wurde eine gute Freundschaft daraus.

Der Buffetschrank war fast fertig und nun konnte ich im Beisein von meiner lieben Wirtsleuten die Türen, die ich schon zu Hause fertig gestellt hatte, anschrauben. Richard und seine Frau waren begeistert vom neuen/alten Barockbuffet.

Claus der Macher

Klaus aus Opladen hatte zu einer Treibjagd in seinem Revier eingeladen.

Hier in Hülsebeck bei Putlitz lernte ich Claus und seine liebreizende Tochter Ina kennen. Claus und ich teilten uns ein Zimmer. Er war Geschäftsführer bei einer bekannten Firma, die Sonnenbänke vertrieb, und stand kurz vor dem Ruhestand.

Er konnte sich nichts vorstellen, nichts mehr zu tun, war er doch immer ein Macher gewesen. Sein Hobby, die Jagd, übte er schon lange aus. Seine Einstellung war, dass allein die Jagd nicht für die neu endstehende Freizeit reichen würde.

Seine Überlegungen gingen aus eigener Erfahrung in eine praktische Lösung über. Viele Jäger hatten Probleme mit dem Transport ihres Jagd-Equipments, der Kofferraum war oftmals zu klein oder mit anderen Utensilien belegt.

Claus überlegte und kam zu dem Entschluss, es muss ein Korb her, der sich auf der Anhängerkupplung befestigen lässt.

Einen Prototyp hatte er schnell entwickelt und mit seinem feinen Gespür für Marktlücken gründete er kurz entschlossen eine neue Firma und organisierte den Vertrieb der mobilen Heckkörbe für den jagdlichen Betrieb.

Mit diesen Körben konnte das Wild oder anderes Gut, welches nicht in den Kofferraum gehörte, problemlos transportiert werden. Die Sache florierte und Weiterentwicklungen folgen immer noch.

Das Jäger Gelöbnis

Claus hatte mich nach Kircheib bei Troisdorf zu einer gemütlichen Familienjagd eingeladen, bei der es ihm nicht nur um das Schießen ging. Ihm lag besonders der Spaß an der Freude, das gemeinsame Erlebnis und der Zusammenhalt der Jagdgesellschaft am Herzen.

Wie schön, dass es so etwas heute noch gibt. Schon oft musste ich bei diversen Treibjagden den „Maître de Plaisir" spielen. Dazu gehörte auch der sogenannte Jägerschlag, den jeder Jungjäger bei seiner ersten Niederwildjagd über sich ergehen lassen muss.

Claus fragte, wer diesen Jägerschlag noch nicht erhalten hatte und wir stellten tatsächlich fest, dass sich jemand unter uns befand, der noch nicht die erforderlichen Prüfungen nachweisen konnte. Vom Jagdherrn wurde er zum Erleiden dieser Prüfung verdonnert.

Das Prozedere des Jägerschlages wird sehr unterschiedlich gehandhabt. Ich will hier nicht auf die unsinnige Vorgehensweise mit Apportieren von toten Tieren oder einen Schlag mit der Bratpfanne auf das nackte Hinterteil des Jungjägers näher eingehen. Sie allein entsprachen vom ästhetischem und hygienischen her nicht meiner Vorstellung von einer angemessenen Überprüfung auf lustige Art und Weise.

Ich hatte aus diesem Grunde eine verantwortbare, dezente und doch lustige Vorgehensweise gewählt.

Der Tisch für dieses Ereignis wurde fein mit Tannengrün und Kerzen geschmückt. Der Delinquent nahm an dem Tisch mir gegenüber Platz. Nun konnte es losgehen. Der Prüfer, also ich, wollte zuerst wissen:

1. Wann hast du den Jagdschein erworben und mit welcher Note?

2 Hast du nach Erhalt des Jagdscheins schon ein Stück Wild gestreckt und wenn ja, wieviel Kilo wog es?

Das war alles nur Vorgeplänkel gewesen, denn nun ging es ans Eingemachte.

Ich startete den Theoretischen Teil der Prüfung:

Erste Frage von mir: „Wie heißt das Ohr von der Sau?"

Seine korrekte Antwort kam prompt! „Teller."

Zweite Frage: „Der Förster geht durch den Wald und macht Kreuze an den Baum. Wie heißt der obere, wie der untere Teil des Baumes?"

Weil ich auf eine Antwort lange hätte warten müssen, nahm ich sie vorweg und antwortete für ihn:

„Ganz einfach Oberkiefer und Unterkiefer."

Weiter ging es mit folgender Frage:

„Wie heißt das Geschlechtsteil des Keilers?"

Nun hatte der Prüfling verstanden, worum es ging und antwortete „Keilriemen."

Nach diesem Schema fragte ich noch weitere Dinge ab. Wir kamen zum praktischen Teil der Prüfung. Die hierfür benötigten essbaren Utensilien wurden bereits im Vorfeld hergerichtet. Der Jungjäger bekam die Augen verbunden und sollte nun diverse Sachen am Geschmack erkennen. Als Erstes lag die Rehlosung auf seinem Teller, es folgten Sau und Federvieh-Hinterlassenschaften. Natürlich hatte die Küche versucht, diese unschönen Dinge mit guten Lebensmitteln zu imitieren, die da waren Reis mit Ketchup oder Kartoffelpüree mit Maggi und so weiter.

Auch wenn er nicht alles wusste, hatte er natürlich unter großen Bedenken bestanden.

Auf dem Tisch lag das Waidblatt in seiner Messerscheide bereit und kam zum Einsatz.

Der Prüfling wurde auf die Aufgaben und auf den Ehrencodex der Waidmänner eingeschworen.

Ich nahm also das Weidblatt, und bat den Prüfling, sich zu

bücken, um den Jägerschlag vollziehen zu können.
Ich fing an und sagte:

„Der erste Schlag soll dich zum Jäger weihen!
Der zweite Schlag soll dir die Kraft verleihen,
zu üben stets das rechte!
Der dritte Schlag soll dich verpflichten,
nie auf die Jägerehre zu verzichten!"

Alle Schläge erfolgten sanft auf sein Hinterteil. Es gebührt natürlich der Ehre, dass ein Prüfling eine entsprechende Runde eines alkoholischen Getränks bestellte.
Zum Abschluss kamen ein zweifach Horrido und ein Waidmannsheil, dass die Jagd immer erfolgreich sei.
Claus gefiel das Prozedere. Trotz seiner jahrzehntelangen Jagdzugehörigkeit hatte er nie die Gelegenheit gehabt, zum Jäger geschlagen worden zu sein. Meine Aufgabe war es nun, alle nach einander zum Jäger zu schlagen. Nebenbei erhielt seine liebe Ehefrau noch die „Meriten" zur Erlangung der Bezeichnung „Edeltreiberin."
Der Jagdhornbläserchor blies das Signal für „Sau tot, Reh tot" und als letztes zum Essen.
Damit ging es zum köstlichen Teil dieses Tages über. Seine Tochter und sein Sohn erhielten nach bestandenem grünem Abitur im folgenden Jahr einen Jägerschlag von mir.
Weitere Einladungen zu Jagden folgten und wurden von nun an zu einem festen Bestandteil meines Terminkalenders.

Beendigung der Dienstzeit

Aufgrund meiner vorliegenden schweren Herzerkrankung, die ich seit meinem 50.ten Lebensjahr habe, wurde ich im März des Jahres 1995 mit 58 Jahren in den vorzeitigen Ruhestand geschickt. Die 38 Jahre im Dienste der Polizei als Dienstleiter und später Hauptkommissar waren interessant, abwechslungsreich und oft voller unvorhersehbarer Ereignisse gewesen. Die vielen Dienststellen, die ich durchwanderte, die Seminare und Lehrgänge möchte ich nicht noch einmal Revue passieren lassen. Ganz zu schweigen von dem großem Elend, den Unfällen mit den vielen Toten, den Streitigkeiten und Zerwürfnissen, die ich hautnah miterlebte. Alles in allem möchte ich meinen Dienst zum Wohle der Menschen, die mir im Laufe dieser Zeit begegneten, überaus positiv bewerten. Diese Zeit hat mein Menschenbild mit allem auf und ab nachhaltig geprägt und mich zu einem optimistischen Menschen gemacht.

Grille joggte gern mit

Ich nahm Grille oft zum Joggen mit, sie lief die 7 Kilometer problemlos mit. Ich bin geneigt zu behaupten, dass Grille sich anschließend schneller erholt hatte, als ich mit meinen inzwischen 60 Jahren. Es nagt eben doch der Zahn der Zeit an dem Menschen. Sie wusste genau, wie Sie uns auf Trab halten konnte. Grille war eine Kandidatin, die wusste, Ihren Willen durchzusetzen. Ein Beispiel am Rande:
Sie meldete sich lautstark und mit Nachdruck, wenn Sie von uns das Leckerchen einforderte. Selbstverständlich geschah das auch des Öfteren, wenn Sie keine Gegenleistung dafür erbracht hatte. Aber wir waren ja auch zum Teil selbst dran schuld, hatten wir während des Essens auch mal ein, zwei Leckerbissen vom Tisch fallen lassen. Sie war Tag und Nacht bei uns, kein Urlaub verging ohne Sie.

Nach viel Zeit und Spaß mit ihr zeigte Sie eines Tages Anzeichen von Schwäche. Ich fuhr mit ihr zum Tierarzt. Dort in der Praxis angekommen, untersuchte der Arzt Grille gründlich und stellte bei Ihr eine altersbedingte Herzschwäche fest. Der Arzt fragte mich: „Wie alt ist sie denn." Ich antwortete ihm: „Unsere Grille ist 13 Jahre." „Ja, das ist für einen Dackel schon ein ganz schönes Alter. Ich kann hier leider nicht mehr viel helfen." Im ersten Moment musste ich schlucken und fuhr mit Grille zusammen wehmütig heim. Zu Hause angekommen erzählte ich Gudrun die traurige Nachricht, dass es mit Grille bald zu Ende gehen würde. Auch ihr standen die Tränen in den Augen. Grille verkroch sich mehr und mehr in der hintersten Ecke der Garderobe, wo ihr Körbchen stand. Drei Tage nach dem Tierarztbeuch lag sie plötzlich auf die Seite und war tot. Nun war auch sie in die ewigen Jagdründe gegangen.
Wir begruben Grille hinter unserem Haus.

Unser Kai ist wieder da

Kai kam von seiner USA-Reise wieder zurück nach Deutschland und begann mit seinem Studium in Köln mit den Fächern Englisch / Deutsch auf Lehramt.

Für Kai war von Anfang an klar, dass er wieder zurück in die Staaten wollte und aus diesem Grund hatte er sich bei mehreren Universitäten dort beworben.

Eines Tages kam er überglücklich zu uns und berichtete, dass er eine Zusage für einen Studienplatz in Oregon bekommen hat. Gudrun und ich waren mit zum Frankfurter Flughafen gefahren, um ihn zu verabschieden. Es war uns sehr schwer gefallen, dass er so weit weg wollte.

Während des Studiums jobbte Kai, um seinen Lebensunterhalt zu verdienen als Pfannkuchenbäcker in der Uni-Mensa.

Wenn Kai heute von dieser Zeit erzählt, leuchten seine Augen und er schwärmt von der aufregenden Zeit als Bäcker.

Bei seinen Gesprächen spürt man einen gewissen Stolz, weil er sich das Studium selber verdient hatte.

Kai lernte eine Kommilitonin mit Namen Jenni kennen. Sie studierte Salvanistik mit Schwerpunk russisch. Beide halfen sich gegenseitig im Studienstress und freundeten sich an. Kai machte seinen Abschluss dort. Ute flog zu den Feierlichkeiten nach Oregon und überraschte ihn damit.

Kai und Jenni verstanden sich immer besser und er brachte sie schließlich mit nach Deutschland.

Beide zogen in eine Wohnung in einem Haus, das Werners Vater gehörte.

Dieser Opa, von allen nur Puhmann gerufen, kam aus Brombach, bei Bergisch Gladbach.

Wir beide waren glücklich, dass unser Kai wieder hier war.

***

Jenni und Kai heirateten am gleichen Tag, an dem Gudrun und ich unseren 35. Hochzeitstag feierten.

Zu dieser gemeinsamen Feier im Haus Hamm in Herkenrath hatte ich mir etwas einfallen lassen. Für ein musikalische Hight-Light engagierte ich den Damen-Jagdhonbläser-Chor „Die Hornissen" aus Kürten. Nach gebrachter musikalischer Leistung bekam jede Dame noch einen Obolus in Form einer roten Rose überreicht. Für die Eltern von Jenni, die extra zur Hochzeit Ihrer Tochter eingeflogen waren, war es ein besonderes Erlebnis, da sie so etwas noch nicht miterlebt hatten.

Besuch in Polen

In unserer Nachbarschaft wohnte Waldemar, wir kannten uns schon länger vom Sehen her. Eines Tages kamen wir ins Gespräch und er erzählte, dass er polnische Wurzeln hätte und seine Verwandtschaft in der Nähe von Köslin leben würde. Hier wurde ich aufmerksam und sagte ihm: „Köslin ist mein Geburtsort und meine alte Heimat:" Waldemar bot mir daraufhin an, wenn ich das Bedürfnis hätte, meine alte Heimat wiederzusehen, könnte er für mich eine Unterkunft organisieren. Das ließ ich mir nicht zweimal sagen, diese Gelegenheit wollte ich wahrnehmen. Waldemar erzählte mir, dass er in naher Zukunft auch dorthin wollte. Ich bot Ihm als Gegenleistung für sein Angebot an, ihn mitzunehmen.

Wir verabredeten uns und fuhren mit meinem Wagen zu einer Tante von Waldemar. Für die Strecke von 920 km benötigten wir mit einem Zwischenstopp 9,5 Stunden.

Die Aufnahme war herzlich, die Unterkunft sowie Verpflegung waren gesichert. Mein Audi Diesel wurde sicherheitshalber in die vorhandene Garage gebracht und vor das Garagentor wurde ein polnischer Pkw platziert. Ich konnte also beruhigt schlafen. Nach einer kurzen Verschnaufpause holte ich mein Treckingrad, was ich mitgenommen hatte, aus dem Wagen, um eine erste Runde in der Gegend um Köslin zu machen. In den darauffolgenden Tagen schnappte ich mir immer wieder meinen Drahtesel und fuhr Richtung Küste, wo einst ein Fischerhaus von unserer Familie oft an den Wochenenden genutzt wurde. Das war in der Nähe von dem Ort „Nest." Er war ein Nachbarort des bekannten, edlen Badeortes Großmöllen. Heute stehen dort für Urlauber 55 Hotels zur Verfügung. Welch eine Wandlung. Am ersten Tag nach der Ankunft schaffte ich es, über die mit Kiefern und Strandhafer bewachsenen Dünen mit meinem Rad zu fahren und stand nun vor den Wassern unserer geliebten Ostsee. Mein erster Gedanke war, hier musst du reingehen, auch wenn es vielleicht noch zu kalt war. Ich war als Knirps im Alter von 7 Jahren schon in diesem Wasser geschwommen. Heute badete ein verhältnismäßig alter Mann in den Fluten, die so manchen Flüchtling und Soldaten in den Tod gerissen hatten. Leid, Elend und auch Schmerz war mit Wucht über uns gekommen. Mit meinen neuen Freunden sah ich mir noch die Stadt Stolp, sowie Leba an, wo sich ausgedehnte Wanderdünen auf einer schmalen Nehrung befanden. Sie imponierten mit einer Höhe von bis zu 42 Metern sowie einem schier unglaublich breiten Strand. Zurück in Köslin konnten wir nur mit Hilfe eines freundlichen Herrn auf dem Katasteramt das Haus meiner Familie wiederfinden. Früher hieß die Straße, in der wir wohnten „Thorner-Straße", heute heißt sie: „General Stefanowirtky" oder so ähnlich. Hatte die Stadt Köslin seinerzeit knappe 2.000 Einwohner gehabt, so war die Einwohnerzahl bis 2001 auf bis zu 11.0000 angewachsen. Heute hat sie eine hohe regionale, verkehrstechnische und wirtschaftliche Bedeutung. Böse Zungen behaupteten, die Stadt sei heute eine Hochburg der russischen Mafia. Der nette Herr legte uns, also meinen Begleitern und mir, freundlicherweise die Stadtpläne von Köslin von 1945 und 2001 übereinander. Nur so war es uns möglich, die alte Straße und das Elternhaus wiederzufinden. Kurz entschlossen wollte ich wissen, was mit dem Haus geschehen war. Wir fuhren in die Straße und fanden tatsächlich mein Geburtshaus.

Ich wollte unbedingt ins Haus. Meine Begleiter, sie waren schließlich Polen, halfen mir bei meinem Vorhaben. Das gab mir Mut. Die Tür stand offen so gingen wir einfach, nach dem wir mehrmals gerufen hatten, hinein. In der Diele gab es immer noch den offenen Kamin, der aus roten Brandziegeln gebaut war. Das Gebäude war in zwei Wohnungen geteilt worden. Im Erdgeschoss, wir klingelten mehrmals, war leider niemand zu Hause. Oben, am Ende der Treppe, stand eine zweite Wohnungstür halb offen. Ein Bewohner fragte, was wir wollten. Nachdem Michael,´

einer meiner Begleiter, aufgeklärt hatte, wer ich sei, schlug er uns die Tür vor der Nase zu. Sowas wie „Njet, Njet" kam nicht freundlich über seine Lippen. Wir gingen enttäuscht hinaus. Meine Mission endete mit ein wenig Wehmut. Schließlich hatte ich seit meinem achten Lebensjahr, also 56 Jahre, mein Elternhaus nicht mehr gesehen, wo ich sehr glückliche Kindheitstage verbracht hatte.

Zurück zur Waldemar und seiner Familie. Beata – seine Frau – tischte uns nach diesem Erlebnis abends ordentlich auf, was Küche und Keller hergaben. Sie verdienten sich ihren Unterhalt mit riesigen Erdbeerfeldern. Waldemar jobbte daneben regelmäßig auf dem Bau in Deutschland als Maurer, Elektriker, Fliesenleger, was halt der Markt an offenen Stellen hergab.

Ein Schloss und meine Restaurierte Kommode

Wie jedes Jahr hatte ich die Antikmesse im Bergischen-Löwen in Bergisch Gladbach besucht, um mir einen Überblick über Angebot und aktuelle Preise vom Möbeln etc. zu verschaffen. Der Rundgang endete ohne nennenswerte neue Erkenntnisse. Ich fuhr also nach Hause. Auf dem Weg dorthin fiel mir auf, dass sich überall vor den Häusern Sperrmüll stapelte. Jede Menge von alten Matratzen lagen über nicht mehr brauchbaren Koffern, bis hin zu alten Fernsehgeräten. Ich interessierte mich dafür, fuhr langsamer und ließ meinen Blick nach links und rechts schweifen. Plötzlich stach mir etwas in Auge. Mit meinem Kennerblick erkannte ich sofort die Kommode aus Kirschholz im Biedermeier-Stil. Sie war in einem desolaten Zustand und eine Schublade fehlte. „Erhaltungswürdig" dachte ich. Ich stoppte meinen Wagen und ging zu den Leuten hin, um vorsichtig zu fragen, ob ich dieses alte Schränkchen haben könnte. Der Hauseigentümer gab mir grünes Licht. Ich fragte ihn, ob er das Möbelstück wieder in die Garage stellen könnte, weil ich das Teil erst etwas später abholen könne. Er tat mir den Gefallen, und ich holte später die Kommode ab. Glücklich brachte ich das Teil heim und begab mich an die Arbeit. Eine sehr aufwendige Restaurierung mit den schon beschriebenen Schritten war unumgänglich. Sie war meiner Ansicht nach lohnenswert. Die komplette Vorderfront musste neu furniert werden, Füße und Säulen ebenso.

Die Restauration mit Neufurnier, Ersatz der Füße und Vergoldung der Kapitelchen, (der Säulen) forderte meine ganze Erfahrung. Nach vielen Wochen der Arbeit war sie vollendet. Ich überlegte, die Kommode zu verkaufen. Ich gab im Internet eine Anzeige auf und schon bald meldete sich ein Opernsäger aus Berlin, der allerdings seinen Wohnsitz in Mittelfranken hatte. Er war sehr interessiert und kaufte die Kommode zu einem akzeptablen Preis. Es wurde Lieferung frei Haus vereinbart. Allein fahren wollte und konnte ich allerdings nicht, das Möbel musste ja in die Wohnung getragen werden. So fragte ich meinen Freund Alfred, ob er mitwollte. Er hatte Zeit und Lust und begleitete mich auf der Fahrt.

Wir luden die Kommode auf einen PKW-Anhänger und fuhren die 280 km lange Strecke bis zu unserem Quartier. In Ulsenheim (Mittelranken) in die Gaststätte „Zum schwarzen Adler." Wir hatten im Vorfeld bereits ein Zimmer für uns gebucht. Es war ein super gemütliches Haus mit einer ausgezeichneten Küche. Der Gasthof befand sich seit über 300 Jahren in Familienbesitz. Bernd Meyers, der derzeitige Besitzer hatte seine Ausbildung als Koch im Weikersheimer Hotel „Laurentius" absolviert. Nach seinem Abschluss zog es ihn nach St. Gallen und arbeitete dort als Privatkoch bei Eleonore Kirchner von Opel. Sie war die geschiedene Frau von Willy Sachs (Fichtel & Sachs Werke in Schweinfurt) und die Mutter von Gunther Sachs, der Maler, Fotograf und Kunstsammler. Gunther besuchte des Öfteren seine Mutter und hier lernte Bernd ihn auch kennen. Gunther Sachs lud den jungen Bernd ein, im Sommer bei ihm in St. Tropez als Koch zu arbeiten. Dieses Angebot hat er gern angenommen. Seit dieser Zeit verbringt er seit vielen Jahren die Monate Juli und August als Koch dort. Mit seiner Kochkunst beglückte er nicht nur Gunther Sachs, sondern auch deren Gäste. Auf den Tischen im Schwarzen Adler liegen noch heute Fotos, auf denen Bernd Meyers mit Prominenten wie Mario Adorf und Boris Becker zu sehen ist. Bernds Mutter erzählte uns, das ihn nicht die Prominenz interessierte, sondern die südfranzösische Küche. Die Ideen, die er dort sammelte setzte er in seiner Gaststätte um. Auf der Speiskarte standen unter anderem Gerichte wie z.B. Lammrücken rosa gebraten in der Thymian-Meersalzkruste mit Wok-Gemüse und Polenta. Zu den Speisen servierte er Weine aus der Region und aus eigenem Anbau. Sein Vater war Winzer. Die Speisen und Getränke im Schwarzen Adler waren dementsprechend von hervorragender

Qualität. Wir ließen es uns gut gehen.

Am nächsten Tag fuhren wir zu der uns angegebenen Adresse, um die Kommode dort abzuliefern. Wir staunten nicht schlecht, als wir auf das Gebäude zukamen. Ein Schloss mit alten ehrwürdigen Mauern! Der Schlossherr war der Opernsänger, mit dem ich per Internet den Kaufvertrag abgeschlossen hatte. Alfred und ich stellten die Kommode auf den vorgesehenen Platz, wo sie auch schön zur Geltung kam. Nach einer zünftigen Brotzeit mit dem Schlossherrn verabschiedeten wir uns aus dem Markt Nordheimer Land und traten den Heimweg an.

70 und was kommt dann

Die Jahre vergingen wie im Flug, und ich hatte mich soweit erholt, dass ich mit meiner Laufgruppe wieder mithalten konnte. Das Implantieren mehrerer Stents konnte ich trotzdem nicht aufhalten.

Nach Erreichen meines 70-sten Lebensjahres nahm meine körperliche Leistungsfähigkeit rapide ab. Auslöser dafür war ein festgestelltes Herzvorhofflimmern und Rhythmusstörungen. Der Einbau eines Defibrillators in der Heliosklinik in Siegburg war unumgänglich. Die OP war kein großes Problem, aber nach 14 Tagen meldete sich ein sogenannter Patienten-Alarm durch ein leichtes Summen. Bei einer erneuten Überprüfung stellte sich heraus, dass ein Stimulationskabel in der Herzkammer einen Bruch hatte.

Es folgte ein neuer Eingriff, in dem der Defi rausgenommen und ein anderer Defi wieder eingesetzt wurde. Nach einigen Tagen konnte ich das Krankenhaus wieder verlassen. Nach all diesen Krankenhausaufenthalten veranlasste mein Kardiologe eine Reha-Maßnahme in einer Herzklinik in Boltenhagen, im Land meiner alten Heimat. Der zweite Defibrillator, der mir implantiert wurde meldete sich unerwartet wieder per Patientenalarm.

Die Ärzteschaft zog einen vom Hersteller geschickten Computerspezialisten hinzu. Dieser stellte fest, dass der Defi bei einem Test keine Reaktion zeigte. Eine weitere Überprüfung war dringend geboten. Ich musste mich im Klinikum in Schwerin vorstellen. Es sollte wieder das Prozedere stattfinden, der Defi musste entnommen werden und ein anderer sollte wieder eingesetzt werden. Bei dieser OP kam es zu einer großen Überraschung. Der mich operierende Arzt stellte fest, dass das neue Stimulation-Kabel des Defibrillators, welches in dem Siegburger Krankenhaus ersetzt worden ist, verkantet auf dem Anschluss des Defis saß.

Das war Schlamperei hoch drei!

Der Operateur behob das Problem in 5 Minuten, in dem er das verkantete Kabel geraderückte. Nach drei Wochen Reha-Aufenthalt konnte ich die Heimreise endlich antreten. Mein Gesundheitszustand ist danach stabil geblieben.

Die Kinder bringen leben ins Haus

Schon ein Jahr später brachte Jenni ihr erstes Kind zur Welt mit dem Namen Alanis, in Anlehnung an die bekannte amerikanische Sängerin „Alanis Morissette. Sie entwickelte sich prächtig.
Zwei Jahre später kam ihr Bruder Neil zur Welt, ihre Wohnung wurde langsam eng.
Kai hatte schon seit einiger Zeit eine Lehramtsstelle in Herford angenommen und beide beschlossen, sich dort ein Haus zu kaufen. Nach langem hin und her fanden sie eine Immobilie aus den 20-er Jahren. Von nun an waren Kai und Jenni damit beschäftigt es zu restaurieren. Gudrun und ich fuhren oft dorthin und halfen bei den Renovierungsarbeiten. Meine Erfahrungen als Restaurator konnte und durfte ich miteinbringen. Wenn es unsere Zeit zuließ, nahmen wir die beiden Kinder öfters mit zu uns nach Blecher und kümmerten uns um sie. Jenni bekam im Laufe der Jahre noch zwei Kinder. Eines mit dem Namen Jaimie und dann kam die kleine Scarlett.
Als die Mutterschutzzeit für Scarlett auslief, entschied sich Jenni aufgrund ihres abgeschlossenen Studiums, die Haushaltskasse aufzubessern. Per Zufall erfuhr sie, dass an den Schulen in Herford ein Lehrermangel herrschte. Das Fach Englisch war mit hohen Fehlstunden belegt und am meisten gefragt. Sie ging aufs Ganze und nahm Scarlett auf dem Arm mit und stellte sich unangemeldet bei einem Schuldirektor in Herford vor. Nach einem kurzen Gespräch überreichte sie ihm die Bewerbungsunterlagen. Es hatte niemand damit gerechnet, aber Jenni bekam eine Anstellung als Aushilfslehrerin für das Fach Englisch. Später kam auch noch Russisch hinzu.
Jenni wollte eine Festanstellung. Dies war aber nur möglich mit der Voraussetzung, dass Jennie die Deutsche Sprache in Wort und Schrift beherrschte. Sie lernte eifrig für die Prüfung und machte ihren Abschluss in Bielefeld. Die Zusage auf eine Festan-

stellung war somit gegeben und von nun an kletterte sie in den Gehaltsstufen steil nach oben.

Unsere fast Enkelkinder entwickelten sich prächtig.

Alanis sang, tanzte und las Bücher ohne Ende. Schon bald wurde sie auf dem Gymnasium als sehr intelligent erkannt und ihre schulischen Leistungen lagen ohne ihr großes Zutun weit über dem Durchschnitt.

Neil entwickelte sich im Laufe der Jahre zu einem lieben und charaktervollen jungen Mann mit der Liebe zu seinem Fußballverein und ohne Flausen im Kopf. Über den Schulsport kam er, wie auch seine nach ihm geborene Schwester Jaimie, zur Säbelfechterei. Da ich selber im jugendlichen Alter als aktiver Florettfechter Spaß an diesem Sport hatte, bin ich nach wie vor begeistert über seinen Entschluss, dabei zu bleiben. So oft es geht, fahre ich zu den in der Nähe angesetzten Fechtturnieren und versuche, ihn zu unterstützen, ihn zu begleiten und unter Umständen auch aufzumuntern, wenn es mal nicht so läuft. Er wird seinen Weg gehen.

Mit Jaimie verband mich eine gewisse Affinität oder Seelenverwandschaft. Ich durfte ihr in meinen Armen liegend das Fläschchen geben und hatte das Gefühl, dass es ihr gefiel.

Ich werde sie in jeder Hinsicht fördern und immer ein Auge auf ihr Tun und Handeln haben. „Bleib wie Du bist". Fechte auf der Plance und im Leben mit Mut und mit Hunger auf Erfolg!

Scarlett ist ein genauso hübsches Kind wie ihre Geschwister. Sie spricht bereits mit ihren 10 Jahren ein gutes Englisch. Sie ist nach Außen etwas zurückhaltend aber voller Liebreiz. Und wenn es zum Karatetraining geht, kennt sie keine Gnade. Ein richtiger Kämpfertyp. Und oft sprudelt ein gewaltiger Wortschwall aus ihr hervor. Sie ist der Liebling der ganzen Familie.

Halali - Die Jagd ist aus

Es war in einem Bauernladen hier im Bergischen, wo meine Frau und ich schon des Öfteren eingekauft hatten. Der Eigentümer des Geschäftes und ich kamen ins Gespräch. Er erzählte gerne von seinem Obst und Gemüse. Plötzlich sprach er dann die Wild-Sauen an, die seine großen Weiden umgepflügt hatten. Die Sauen hatten ganze Arbeit geleistet und enormen Wildschaden angerichtet. Ich war baff und erstaunt zugleich bei dieser Äußerung. Es stellte sich heraus, dass Klaus den Jagdschein besaß, aber mangels Zeit selten in sein Revier gehen konnte. Ich sagte ihm: "Ich jage auch, aber nur in Ungarn." Die Jägerei verband uns und ich bot ihm das Du an, Klaus machte mir prompt ein Angebot und er meinte: „Wenn du Lust hast, kannst du dich gerne auf Sauen ansetzen und schießen, um der Plage Herr zu werden." So etwas habe ich mir nicht zwei Mal sagen lassen und begann mit der Saujagd hier im Bergischen direkt vor der Haustür. Ich hatte stets zwei Kanzeln zur Auswahl und legte Kirrungen an, die von mir regelmäßig mit Mais und Fallobst bestückt wurden.
Spürte ich die Anwesenheit von Sauen, griff ich auf ein probates Mittel zurück und bestrich zusätzlich Baumstümpfe in der direkten Umgebung mit Buchenholzteer. Die Ausdünstungen empfinden die Schweine als angenehm, sie können diesen Geruch über weite Entfernungen wahrnehmen und kommen gern zur Futterstelle.
Auch Rehwild war für den Abschuss frei gegeben. So kam mir eines Morgens ein abnormer Rehbock vor die Büchse, ein sogenannter Pendelstangenbock. Eine Stange war unterhalb des Rosenstocks gebrochen und als augenscheinlich hängende Stange wieder fest mit dem Schädel verwachsen.
Ein toller Hegeabschuss.
Am schönsten waren die Morgenansitze, wenn die Morgenröte sich langsam einstellte, wenn die Vögel ihr Konzert zwitscherten

und von weitem, stets um viertel vor sieben, die Glocken des benachbarten Altenberger Dom läuteten. Das war das Zeichen für die bevorstehende Morgenandacht. Mir fiel ein altes Sprichwort meines Vaters ein.

Und wenn du denkst der Jäger sei ein Sünder,
weil selten er zur Kirche geht,
ein stiller Blick zum Himmel,
ist besser als ein falsch Gebet."

Wenn ich was getroffen hatte, rief ich Klaus über Handy an, er half, wo es nur ging beim Aufbrechen wie auch beim Bergen der Tiere. Oftmals lagen sie an schwer zugänglichen Stellen. Viele Arbeiten, wie Abschwarten und Zerwirken, machten wir gemeinsam. Das Wildbrett diente als Eigenbedarf oder wurde an der Theke in seinem Laden zum Kauf angeboten.

Mit meinem Geländewagen bin ich des Öfteren durch seine Obstplantagen gefahren. Im Herbst strahlten die roten Äpfel an den Spalierobstbäumen und ich brauchte nur das Fenster zu öffnen und zugreifen. Ein fester Biss in den saftigen Apfel, und mir lief der Saft seitlich an den Mundwinkeln hinunter, es war einfach köstlich.

Die Wegstrecken hier im Bergischen waren nicht immer unbedingt die besten. Mit meinem Geländewagen hing ich öfters bei Eis und Schnee oder Schlamm und Matsch auf unwegsamen Wegen fest. Klaus zog mich mit seinem Trecker wieder raus. Es waren insgesamt 12 Jahre, die ich in diesem Revier verbrachte habe. Ich konnte einige Wildscheine zur Strecke bringen, ebenso lief der ein oder andere Bock, wie auch manches Reh vor meine Büchse.Ich folgte gerne noch einigen Einladungen zu Drückjagden hier im Bergischen, wenn es meine Gesundheit zuließ.

Und nun war es doch langsam Zeit, die „Flinte ins Korn zu schmeißen" und der Jagdgöttin Diana „Good bye" zu sagen.

Einmal Waidmann, immer Waidmann

Nie habe ich meine Passion für die Jagd und das jagdliche Brauchtum vergessen können. Die Verbindungen zu meinen Jagdfreunden und dem Hegering Burscheid sind bis heute geblieben. Ich nahm, wie in all den Jahren zuvor, an den Jagdversammlungen teil. Die letzte war am 16. April 2016.

Auf der Tagesordnung stand unter anderem auch die Wahl des Hegeringleiters. Hierfür einen Kandidaten zu finden, stellte sich als sehr schwierig heraus, da keiner so recht gewillt war, dieses recht zeitaufwendige Amt zu übernehmen.

Auf vielfachen Wunsch der versammelten Jägerschaft wurde ich vorgeschlagen. Diesem Wunsch folgte ich und freute mich über das ausgesprochene Vertrauen meiner Jagdkollegen. Bei dieser Wahl hatte ich noch Glück gehabt. Artikel 9 der Satzung der Hegeringe in den Kreisjägerschaften sagt aus: „Es können diejenigen Mitglieder in Organe des Hegeringes nicht gewählt werden, die am Wahltag das 70ste Lebensjahr vollendet haben." Mit meinen fast stolzen 80 Jahren hätte ich eigentlich nicht gewählt werden dürfen.

Die versammelte Jägerschaft entschied einvernehmlich, mich trotz dieser Passage zum Hegeringsleiter für ein Jahr zu ernennen, da sich keine andere Person zur Verfügung stellte. Mit Engagement ging ich an die Sache heran.

Meine Aufgaben waren zunächst die Durchführung des alljährlich stattfindenden Sommerfestes unseres Hegerings. Hierzu waren auch der Bürgermeister und die Sponsoren eingeladen. Die Tische in der ausgewählten Lokalität wurden im bayrischen Stil eingedeckt und dekoriert. Für die musikalische Untermalung am Abend organisierte ich einen Albhornbläserchor. Auf dem Menüplan standen neben anderen Leckereien auch Wildschweinbraten am Spieß. Der Wettergott hatte leider kein Einsehen und bescherte uns einen verregneten Tag. Die Stimmung war trotz dem gut und der Tag ein voller Erfolg.

Auf meiner Agenda stand auch die Organisation des allseits beliebten „Kulinarischen Wochenendes". Dieses findet jährlich in der Stadt Burscheid auf dem Marktplatz statt. Hier präsentieren sich die Jäger, um mit der Bevölkerung näher in Kontakt zu treten. Es mussten unter anderem ein Zelt sowie Tische, Bänke, Gläser und ein Grill organisiert werden.

Für das leibliche Wohl der Besucher bestellte ich bei einem Metzger aus der Nähe von Mayen:

40 Wildschweinrollbraten vom Moselschwein

200 Wildschweinwürstchen

90 Liter Wildschweingulasch und jede Menge Civapcici.

Als Getränke standen neben Wasser, Wein, Cola auch das allseits beliebtes und geliebtes „Keilerbier" auf der Karte, es kommt bei den Besuchern immer gut an. Es gab viele gute Gespräche an diesem Tag, offene Fragen zum Thema Jagd wurden geklärt. Es war ein gelungenes Event.

Meine letzte Amtshandlung war die Durchführung der Jahreshauptversammlung.

Ein letztes Halali und die Jagd war aus.

Das letzte Kapitel

Meine Frau und ich sind immer noch glücklich und zufrieden, was will man mehr.

Mein Gesundheitszustand ist seit geraumer stabil geblieben.

Meine Lebensweise habe ich weitgehend ohne fettes Essen und jede Menge Bewegung bis hierher gut im Griff. Wie sagte doch Prof. Dr. T. vom Klinikum in Leverkusen:

„Wenn sie nicht ein so aktiver Sportler und Marathonläufer gewesen wären, würden sie bereits unter den Radieschen liegen."

Fazit: Leute treibt Sport! Welchen auch immer, er hat mir das Leben gerettet, und ich kann mit meinem diesjährigen 80sten Geburtstag auf ein interessantes, erfülltes und trotz allen Widrigkeiten schönes Leben zurückblicken.

Die vielen errungenen Medaillen in der Schublade, viele Sportabzeichen – Pokale und Urkunden befinden sich hier.

Ein Blick darauf lässt so manche Erinnerung wachwerden.

Meine Schwester Gundula heiratete im Jahre 1956 ihren Eberhard. .Sie bekamen zwei Kinder. Ein Mädchen mit dem Namen Imke und einen Jungen der Henning heißt. Gundula lebt seit dem Tod ihres Mannes allein. Sie wohnt derzeit in einem Seniorenpflegeheim in Köln. Ich besuche Sie ab und an.

***

Gudrun und Ute haben sich vor langer Zeit ausgesprochen, wegen Utes plötzlichen Lebenswandels. Alte Unstimmigkeiten sind bei Seite gelegt. Die beiden sind heute wieder sehr eng mit einander verbunden und telefonieren nach wie vor täglich miteinander. Ute hat mit ihren Kindern Frieden geschlossen und zu Werner ein freundschaftliches Verhältnis aufgebaut. Wir beide freuen uns immer wenn Utes Söhne oder ihre Enkelkinder zu Besuch kommen. Es war und ist immer ein Gefühl als wären es die eigenen Kinder. Viele Familienfeste finden noch heute bei uns im Hause statt. Es ist eine unsagbare Bereicherung für Gudrun und mich.

***

Wir haben uns mehrfach gefragt, soll ein neuer Hund her oder nicht. Vielleicht ist es die bequemste Einstellung, ohne Hund durchs Leben zu gehen, aber das Alter des Herrchens lass ich nicht gelten. Im Gegenteil, es gibt keinen treueren Begleiter als den Hund. Lange Spaziergänge sind gut für Hund und Mensch, ganz zu schweigen von der psychologischen Wirkung zwischen Tier und Mensch.
Heute ist unser Begleiter ein Labrador-Rüde von guten Freunden, den ich zu jeder Zeit holen kann. Ich liebe ihn, den „schwatten.“ Ich hatte noch nie einen so lieben Begleiter. Er geht willig mit, läuft nicht weg, verträgt sich mit jedem anderen Hund.

***

Noch heute kommen Möbelbesitzer mit Fragen auf mich zu, „was mache ich mit meiner Kommode? Da hat sich augenscheinlich der Wurm eingenistet." „Ja, guter Mann, ab in die Sauna mit der Kommode" und der Tod des Ungeziefers ist einschließlich der Brut garantiert. (Nach dem das Möbel bei 90°C Grad einige Zeit in der Sauna verbracht hat, sterben der Holzwurm und deren Brut ab.)

***

Die Zeit hat mir viele Erkenntnisse gebracht und insbesondere die Wertschätzung mancher handwerklicher Tätigkeiten, die von den „Allwissenden" oft unterschätzt werden.

***

Einige Dinge habe ich in meinem Leben versucht zu verändern, nicht immer hat dies so funktioniert wie ich es einst plante.
Doch eines ist sicher, ich bin um ein großes Stück Lebenserfahrung reicher.

***

Vielleicht schießen mir im letzten Moment doch noch die Tränen in die Augen. Ich kann auch weinen!

Hier überreichte mir unser ehemaliger NRW-Innenminister Willi Weyer (rechts) 1969 in einer Feierstunde in Wuppertal eine Ehrenurkunde, für den Sieg im sportlichen Mehrkampf der Polizei für die Altersklasse 1.

Weiterhin wurden an diesem Tage insgesamt 50 Polizeibeamte, darunter bekannte Leichtathleten wie die ehemaligen Deutschen Meister Manfred Kinder und Manfred Knickenberg, ausgezeichnet.

© Roland Scheidemann

Drei Beispiele, der von mir restaurierten Möbelstücke.

Glossar

abbalgen

abziehen des Felles bei Hase oder Kaninchen

abnicken

es wird ein verletztes Tier von seinem Schmerz erlöst. Durch einen gezielten Stich ins Genick, um dies ausführen zu können, muss der Kopf des Tieres nach vorne gedrückt werden.

abschwarten

Abziehen der Schwarte bei Schweinen.

Ausgemergelt

abgemagert und entkräftet

Äser

Ist die Bezeichnung für das Maul des Haarwildes.

ausgeweidet

Die Eingeweide bei einem Tier waidgerecht entnehmen, dies erfolgt durch das Aufschneiden der Bauchdecke. Das Gedärm und die Innereien wie Herz, Nieren können so entnommen werden.

aus der
Decke schlagen

jagdsprachlich wird das Fell von Hirsch und Reh als Decke bezeichnet. Die Entfernung dieser Decke wird umgangssprachlich als „aus der Decke schlagen bezeichnet."

Akribie	Genauigkeit
anstreichende Enten	Enten, die sich im Anflug befinden.
Anschuss	Das Tier wurde an dieser Stelle angeschossen und ist von hier geflüchtet.
Abschusswürdig	alt genug, trotz guter Geweihentwicklung, um in Würde zu sterben.
Berufsvertreter	vergleichbar mit heutigem Betriebsrat.
Blattschuss:	Ist ein Schuss in das Schulterblatt des Tieres. Durch diesen Schuss werden die großen Blutgefäße verletzt und das führt meist zu einem schnellen Tod des Tieres.
Brandziegel	Ziegelsteine, die in einem Ofen gebrannt worden sind.

Dragoner	umgangssprachlich, eine sehr energische, derbe Person.
Dezernent	Sachbearbeiter mit Entscheidungsbefugnis, oft anzutreffen bei Verwaltungen und Behörden
Einfriedung	einzäunen
Formalausbildung	ist eine neuere Bezeichnung für Exerzieren, zur Ordnung und Disziplin erziehen.
Flobert:	ähnlich einem Kleinkalibergewehr mit dem Unterschied das sich die Zündmasse im Rand des Patronenboden befindet. Die Durchschlagkraft der Kugel ist nicht so groß ist wie bei einem Kleinkalibergewehr. Die Waffe wurde erfunden für die damals in Mode kommenden Schieß-Salons und Schießbuden. Sie wurde vornehmlich als Übungswaffe für das Zielscheiben schießen genutzt.
Gute Stube	Wohnzimmer
gehottet:	Ist eine Bezeichnung für tanzen, steppen, twisten,

schwofen, zu Jazzmusik mit stark rhythmisch akzentuierten Bewegungen tanzen.

Geweihgewicht

Die Gewichtsermittlung erfolgt nach dem Entfernen von Fleisch und Hautresten des Schädels. Die Trophäe wird mit ganzem Oberschädel gewogen.

Henkelmann

Der Henkel, der Griff mit dem der Behälter meist verschlossen wird. Diese Gefäße gehören seit vielen Jahren zur Standardausrüstung von Soldaten, wurden auch von Grubenarbeitern für den Transport der Mahlzeiten unter Tage genutzt.

Historismus

Bezeichnet eine Baustilrichtung im 19.bis zum 20. Jahrhundert.

Haff

Ein Haff ist eine Bezeichnung für vorgelagerte Inseln oder durch eine Nehrung/Landzunge vom Hauptteil des Meeres abgetrennt ist. Der sogenannte Brackwasserbereich. Ein Haff gehört zu den innenliegenden Küstengewässern.

Heiß/läufig	dies sagt aus, dass die Hündin fruchtbare Tage hat. Häufig ist das durch Blutungen sichtbar und dauert in der Regel 3 bis 4 Wochen.
Hasenbrot	ist ein für die Reise oder die Arbeit als Proviant mitgenommenes, aber nicht verzehrtes und trocken gewordenes Brot.
Hochwildjagdrevier	Überwiegend Hirsche und es wird vornehmlich mit einer Kugel geschossen.
Habilitationsphase	eine Zeit der Anerkennung einer besonderen Befähigung für Forschung und Befähigung in einem bestimmten Fachgebiet.
Inlett	Die Hülle der Bettdecke, worin sich die Federn befinden, ist meist aus Baumwolle gefertigt.
Illustre	Respekt heischend glanzvoll, Bewunderung hervorrufend.
Jagdaufgang	Es gibt Zeiträume, in denen das Wild bejagt werden darf z.B. Rehböcke vom 1. Mai bis 15. Januar des folgenden

Jahres. So heißt es dann: „Am 16. Mai geht die Bock-Jagd auf und am 15. Januar geht sie zu." Die Termine sind in manchen Bundesländern/ EU-Ländern unterschiedlich. Seit 2015 ab 1. Mai .

Kanzel

Ein geschlossener und überdachter Hochsitz mit Ausgucklöschern an den Seiten.

Kirrung

Lockfutterstelle

Lud meine Waffe durch

Waffe Schuss bereit machen.

Lodenstoff

Es handelt sich um einen widerstandsfähigen Wollstoff.

Lebertran

Es galt als Stärkungsmittel, sollte Unterernährung und Rachitis vorbeugen. Ein aus der Fisch-Leber gewonnenes Öl. Hierfür wurden meist Kabeljau, Dorsch, Schellfisch verwendet. Es enthält viele Omega-3-Fettsäuren, Jod, Phosphor, Vitamin E und Vitamin A.

Maître de Plaisir

Beschreibt jemanden, der ein Unterhaltungsprogramm arrangiert oder eine Veranstaltung leitet.

Mäzen	Gönner
Meriten	Verdienste
Melkschemel	Ein kleiner Hocker, der oft beim Melken von Kühen benutzt wird.
Niederwildjagd	hier trifft man vorwiegend Hase, Fasan und es wird vornehmlich mit Schrot geschossen.
NW	ist die inoffizielle Bezeichnung für NRW – Nordrhein-Westfalen.
Ordonanzen	es sind meist abkommandierte Soldaten, die Befehle überbringen.
Ornat	ist eine Bezeichnung für festliche Amtstrachten, in diesem Fall der gute Jagdanzug.

Pommerche Junge aus Schrot und Korn

dies ist eine Redewendung, die alle guten Eigenschaften wie Heimatverbundenheit, Bodenständig -,Ehrlich und Anständigkeit umfasst.

Primus	Ist eine alte Bezeichnung für einen Schüler, der Klassenbester war.
Prolaps	Bandscheibenvorfall
Palavert	es handelt sich um ein langweiliges und oberflächliches Gespräch.
Probates Mittel	einfaches Mittel.
Pinchen	ein Glas Schnaps
Der Puhmann	Immer wenn sich die Bewohner von Brombach treffen wollten haben sie sich die Nachricht zugerufen (zugepuht). Sie formten hierfür die Hände Trichterförmig und hielten sie vor den Mund und riefen
Röhren des Hirsches	Es sind die Paarungsrufe der Hirsche
Rehlosung	ist eine Bezeichnung für Reh-Kot/Exkremente.
Repetierer	lat. wiederholen, hier wird nach der Schussabgabe durch ein manuelles Zurück und Wiedervorschieben des Kammerstängels die Patro-

nenhülse aus dem Patronenlager ausgeworfen. Es wird aus dem vorhandenen Magazin eine neue Patrone von hinten wieder in das Lager eingeführt.

Rosenstock
bei Rehbockgeweih

paarige Knochenzapfen auf den Stirnbeinen, wo später das Geweih entsteht.

Sichtlaut

diese Bezeichnung wird benutzt wenn, der Hund bellend hinter Wild her ist und in Sichtweite bleibt.

Strecke legen

Eine jagdliche Bezeichnung für das Ablegen des erlegten Wildes in einer bestimmten Reihenfolge

Strecken

Dieser Ausdruck bezeichnet das erlegen des Wildes durch Schießen

Stibitzt
Sanni KFZ

gestohlen, weggenommen
heute Krankenwagen/Rettungswagen

Sanka

Sanitätsfahrzeug

Sommerfrische

so wurde/wird ein Erholungsurlaub auf dem Lande bezeichnet.

Spalierbäume	oft Obstbäume die aufgrund der Veredelungen nicht sehr groß werden und bei ständig wiederkehrenden Schnittmaßnahmen einen doch recht hohen Ertrag bringen.
Spurlaut	Der Hund wird am Anschuss, also dort, wo das Tier beschossen wurde, angesetzt und verfolgt diese auch mit bellen.
Schützenbruch	Ein Buchen – oder Eichenzweig, der mit Blut aus der Schusswunde benetzt und an den Hut des Jägers gesteckt wird.
Schweißleine	Bezeichnung für eine Lange Hundeleine, die beim Suchen von Blutspuren benutzt wird.
Schüsseltreiben	Zusammenkunft der Jäger nach einer Treibjagd zum gemeinsamen Essen.
Sprung Rehe	jagdlich gesprochen handelt es sich um eine Gruppe Rehe.
Trappstand	Tontaubenschießstand

Unterrichtsprobe	Unterrichtsstunde, die ein Lehramtsanwärter oder die von einem Prüfer oder einer Prüfungskommission beurteilt oder benotet wird.
Überläufer	ist eine Ausdrucksform für ein zwei- jähriges Wildschein, egal ob männlich oder weiblich.
Vetter	Cousin
Volontär	Vorbereitung auf ein berufliches Leben durch praxisbezogene Arbeit.

Wir hatten ganz schön Schiss in der Bux

umgangssprachlich, salopp, wenn sich Blase oder der Darm unter Angstzuständen entleert.

Wruggenknollen	Rüben, Runkelrüben
Waidlaut	Wenn ein Hund ein verletztes Tier aufstöbert und auf seiner Wundfährte laut durch Bellen folgt.
Wundfährte	Spur, die durch Verlust von Blut entsteht.

Wundbett	bezeichnet wird so die Stelle, wo sich das verletzte Tier niedergelegt hat.
zerwirken	die Haut des Wildes wird abgezogen und anschließend wird das Tier zerlegt.
Zigan	früher umgangssprachlich für einen ungarischen Zigeuner.
Zugführer	Als Zug wird eine Gruppe von 20 bis 35 Beamte bezeichnet, die dem sogenannten Zugführer unterstellt sind. Dieser Zug wird oftmals noch in kleinere Gruppen a 10 Personen unterteilt. Diese werden dann vom Gruppenleiter geführt. Die Gruppenleiter sind dem Zugführer untergeordnet.
Zinkwanne	Ein aus Metall bestehender Transportsarg.